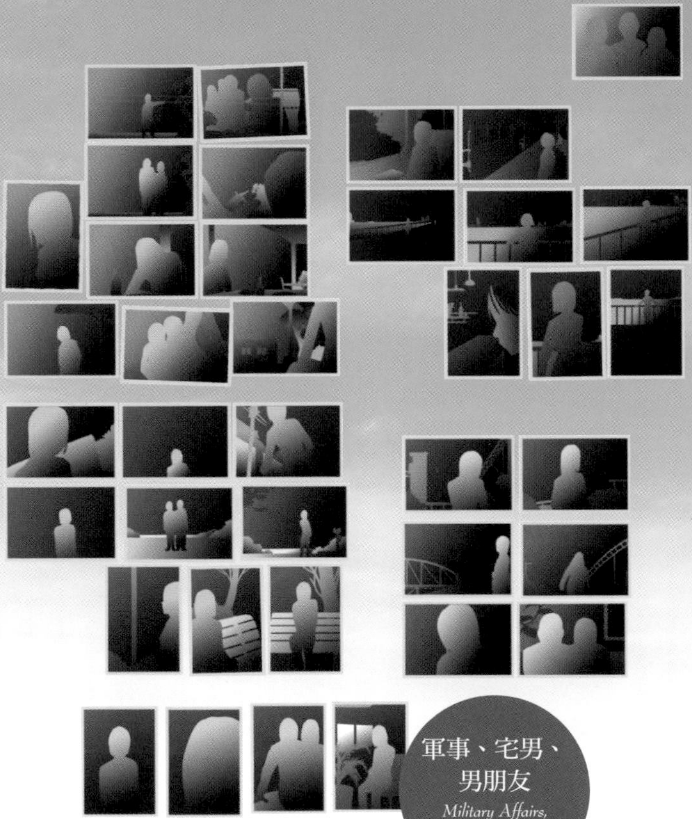

軍事、宅男、
男朋友

Military Affairs,
Otaku, and He

今昔戀愛物語

Romantic Comedy
Now and Bygone Days

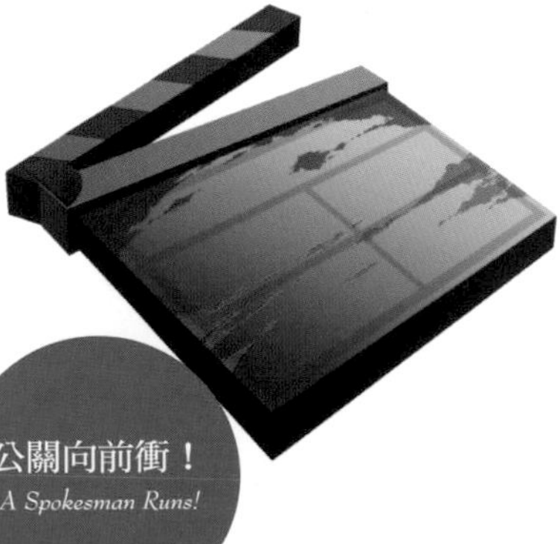

公關向前衝！

A Spokesman Runs!

今昔戀愛物語

有川 浩

譯者◎王靜怡

秘密

Intimate Secret

Dandy Lion

～今昔戀愛物語今日篇

Dandy Lion

今昔戀愛物語

有川 浩

譯者◎王靜怡

插畫／徒花スクモ

Contents

今昔戀愛物語
9
軍事、宅男、男朋友
51
公關向前衝！
101
藍色衝擊
143
秘密
191
Dandy Lion
～今昔戀愛物語今日篇
237
後記
271

今昔戀愛物語

Romantic Comedy
Now and Bygone Days

*

俗稱習志野空降部隊的第一空降團雖然設籍於習志野營區，但習志野營區本身卻位於船橋市，和習志野市毫無關聯。這種矛盾，就和海自的厚木基地根本不在厚木市一樣。

說到習志野，就想到空降部隊；說到空降部隊，就想到習志野。日本唯一的空降部隊可說是無人不知、無人不曉。擔任第一空降團大隊長的陸自中校今村和久，今天將要接待一名不怎麼稀奇的訪客。

這名訪客是個與他熟識的記者——不過是自己人。

陸上自衛隊裡幾乎每支部隊都有自己的報紙，亦即所謂的隊報，以週刊形式發行。和一般報紙的最大不同之處，便在於報導內容著重於自衛隊相關新聞。

東部方面軍的隊報名曰《東方報》，每週發行一次，由公關部人員負責製作。

隊報記者由軍官一名、士官一名（亦即士級隊員）組成。三年前開始擔任《東方報》記者的士官為吉敷一馬上士，他之所以當了這麼久的記者還沒替換，全得歸功於那身過人的攝影本領。他不是空自攝影專家，卻能捕捉飛機的關鍵畫面，攝影技巧可見一斑。至於靜物攝影，更常在民間的各種比賽中獲獎。

今村赴任時，吉敷已經是《東方報》的攝影記者了。未來今村調任時，想必吉敷的職務依然不會變動。為防止軍閥割據而四處調動的是軍官，吉敷並非防衛大學出身，從基層幹起的他要晉升軍官相當困難。

總而言之，今村赴任習志野以後，和吉敷成了無話不談的朋友。

第一空降團向來受人矚目，話題性高，容易寫成報導，因此《東方報》總會定期前來採訪。

不過，身為吉敷上司的公關部軍官前些日子轉與新進攝影記者搭檔，所以吉敷也跟著換了個新長官。

新長官尚未赴任，因此這回是由吉敷來電洽談採訪事宜。

「新來的是個怎麼樣的人啊？」

「剛升上中尉的菜鳥。年紀比我小三歲，才二十七。」

從基層做起的陸自士官往往認為防大出身的年輕軍官經驗不足，動輒出言諷刺。至於海自的情況更是嚴重，剛晉升軍官的尉官在老鳥士官面前就和嬰兒沒兩樣。

「這樣軍階還高你一級啊！」

「大概是人手不足加上本人的意願吧！總之先過來當副手，負責一些無關緊要的專欄，邊做邊學。上一任也還在，不過他得負責教育新來的攝影記者。上級似乎想同時培育記者及攝影師。」

「喂，你的口氣未免太冷淡了吧！該不會剛搭檔就起衝突吧？」

「沒這回事，不過我奉勸您還是先擔心自己比較好。」

吉敷意有所指地留下了一句似忠告又似警告的話語之後，便掛斷了電話。

——而在初次會面之後，今村總算領悟了這句話的含意。

「我是剛來報到的《東方報》記者矢部千尋中尉！」

活力十足地向今村敬禮的，是個教人不敢相信她已年過二十五的娃娃臉女孩。今村去年出嫁的長女比她年少，不過外貌看起來卻比她成熟多了。

「您可以用神隱少女裡的『千尋』來記我的名字，字也一樣。」

一旁的吉敷顯得不太高興。上一任記者是校官級的男性，吉敷對他是既敬重又親近，這回為了培育新人而被迫拆夥，心中的不快可想而知。尤其千尋的外貌如此稚氣，要在她底下辦事，也難怪吉敷不服氣了。

再加上吉敷的公關資歷長，千尋雖是長官，看在他的眼裡，不過是個經驗不足的黃毛丫頭罷了。

面對千尋活力十足的招呼，今村只能面帶苦笑地交換名片，並主動詢問：

「今天要採訪什麼？最近沒安排大規模演習……要讓隊員分享自己的經驗嗎？」

「不，這次我們是為了採訪今村中校而來的。」

此時吉敷不著痕跡地撇開了視線。今村和他一起喝過好幾次酒，知道這是他不想被扯入話題時的習慣動作。

「其實這次《東方報》開了一個新專欄。」

和神隱少女主角同名的活力女孩笑咪咪地切入正題：

「主題是『自衛官的戀愛與結婚』，想請各個階級的隊員分享他們戀愛及結婚方面的經驗；而意義非凡的第一回連載，便希望邀請陸自最有名的部隊──第一空降團的今村中校上場……」

原來是這麼回事！今村總算會意過來，張大眼睛瞪著吉敷，但吉敷的視線依舊轉向他處，並未回到原位。

「別開玩笑了！」

今村反射性地起身往外逃，但「小千」卻早一步擋住了門。

「別這樣，話還沒說完呢！請回座。」

千尋依然滿面笑容。今村又重複了一次「別開玩笑了」。

「妳知道我幾歲了嗎！妳要一個年過五十的中年人在隊報上宣傳他和老婆相識的經過？這麼丟臉的事我幹不出來！」

「今村中校覺得和夫人相識的過程很丟臉嗎？」

千尋以食指點著下巴，歪了歪腦袋，模樣煞是可愛。被她這麼一問，今村一時語塞。

「反正妳讓開就對了！」

今村硬生生地推開擋在門前的千尋，千尋故意發出嬌滴滴的抗議聲：「啊！」今村險些腿軟。當然，是因為聽了以後覺得渾身無力之故。

他回過頭指著吉敷怒吼：

「待會兒我有話跟你說，吉敷上士！」

吉敷尷尬地聳了聳肩。

今村走出房間，「我不會死心的，慢慢來！」千尋裝模作樣的聲音又追了上來，教他差點再度沒力。

「這是怎麼回事？吉敷！」

又不是躲著偷偷吸菸的高中生，為什麼我——人稱鬼見愁的第一空降團大隊長，得窩在廁所隔間裡講電話？這種狀況令今村大為光火。

今村之所以這麼做，是因為他問過警衛，得知剛才來襲的小千尚未回去之故。

「您怎麼這麼說呢？」

吉敷的語氣有股豁出去的感覺。

「我不是一開始就提醒過您了嗎？」

「我可不知道上砧板的是我！你這是瀆職，叛徒！」

「我是《東方報》的記者，違反矢部中尉的指示才是瀆職……」

「我再也不讓你採訪空降團了！」

「唉！反正重要的採訪有前任——對我來說是前任，但其實還是現任的中西少校負責。再說我是攝影，又不寫報導。」

我說一句你頂一句！今村在隔間裡恨得咬牙切齒。

啊！我還以為你嘀嘀咕咕地在說什麼，原來是在講電話！只聽見這道聲音傳來，通話人隨即換成了千尋。

「今村中校，您現在人在哪兒？」

「我沒義務回答妳！」

「你的聲音有回音耶！難道是在廁所裡？真是的，又不是躲著偷偷吸菸的高中生，別這樣嘛！」

千尋的描述與今村自感窩囊的心境完全相符，早在他回嘴之前，手指便忍不住按掉了手機電源。

當天今村東躲西藏，好不容易挨到下班時間；誰知降旗典禮結束之後，千尋馬上逮著了今村。

「我會再來打擾的，請多多指教。」

又是千尋式笑容。她似乎毫無死心之意。

「妳要來是妳的自由，我管不著。」

今村終於冷靜到能夠一語帶過的地步，不過還是忍不住對千尋身旁的吉敷投以怨懟的視線：幹嘛帶這種麻煩來啊？

*

現在的年輕人情況如何，今村不清楚；不過在今村年輕的時候，防大出身的軍官候補生極少早婚，戀愛結婚的人更是稀有。

一般都是等到年近三十或三十好幾時，在長官或長官的親友介紹之下相親結婚；這對當時的軍官而言是最穩當的途徑。當然，現在時代不同了，今村麾下的年輕軍官之中也不乏花花公子，常有人在結婚前為了清算男女關係而忙得焦頭爛額。

不過二十幾年前的男女並不像現代男女一樣，可以大大方方往來，因此今村走的也是典型路線，由長官的長官當媒人，與直屬長官的女兒相親。現在要今村談論戀愛過程，他只能乾瞪眼，說不出所以然來。

今村和妻子初次見面，是在擔任媒人的長官家中。媒人是當時以今村的官階根本無緣拜見的高階將校，住家是代代相傳的純和風宅邸，修葺有加。今村的襪子雖然是新買的，踏上門階時卻仍然忍不住擔心襪子有無破洞。他戰戰兢兢脫下鞋子擺好，等待相親對象脫鞋。

當時的他根本沒有多餘的心力去看對方的長相，視線全在那身和灰喜鵲尾羽同樣色調的淡藍色和服上。她回頭的瞬間，就是第一個看清長相的機會——學長事前曾嚇過他：「相親照片都修得很厲害，你可別相信。」

然而她卻一直屈身面向硬土地，遲遲沒起身。

今村偷瞄了一眼，才發現她正努力把脫下的草鞋放到硬土地上，忙得臉紅脖子粗，人都快跌下門階了。

門階並不高，不過她身穿和服，動作受限，再加上身材嬌小，手臂自然也比較短；而且再度踏下門階擺鞋又不合禮數，才令她如此苦戰。

她奮力伸長手指，試圖勾住草鞋，但一再落空，每回落空都害她險些跌下門階。

最後進門的人是她，媒人和作陪的雙親都已經走進屋裡了，其實她大可以投機取巧，走下去把鞋子擺好再上來——今村暗自覺得好笑。又或許是因為今村還在場，所以她不能「投機取巧」吧！

無論原因為何，可以看出她是個極有教養的好人家小姐。

要不要跟她說一聲「我先進去」，替她製造機會？還是——

今村覺得就算替她製造機會，她大概也不懂得利用，因此選了另一個方法。

「失禮了。」

今村出聲示意後，把食指放進了她的後襟。她錯愕地回過頭來，羞紅了臉（又或許是因為剛才的一番奮戰而臉紅），小聲說了句謝謝，再度面向草鞋蹲下。今村的食指成了鉤子。

順利擺好草鞋之後，她終於起身，朝著今村深深地垂頭致謝。

待她抬起頭來，今村才知道相親照片並未修飾過。

「接下來就讓年輕人自己聊聊。」

說完這句話後，擔任媒人的長官夫婦及她的雙親都起身離開了房間。

哦，原來真的會說這句話啊？今村看連續劇時聽過這句台詞好幾次，不過現實生活中還是頭一次聽見。

兩人獨處，今村不知道該說什麼，只好喝茶。事前收到的介紹書上說她是長女，名叫瀨戶山邦惠，二十三歲。今村記得的資訊也只有這些了。

「呃，剛才真的很謝謝你。」

「不，妳不用放在心上。那個門階是高了一點。」

今村替她打圓場，但對於年輕女孩而言，那種場面畢竟太難堪了，只見她的臉頰又微微泛紅起來。

「請問妳的嗜好是？」

今村為了轉移她的注意力，說了句老套的相親對白。他對於自己的了無新意相當失望，若是對方回答茶道或插花，那可真成了樣板戲了。

「我對醃菜小有研究。」

誰知投來的居然是記意想不到的變化球，今村來不及克制自己，便發出了詫異之聲：

「啊？」邦惠見狀，又羞紅了臉，低下頭來（這女孩真會臉紅），用雙手掩住臉龐。

「我爸說……別把那種三個月前才開始學的才藝寫在介紹書上自欺欺人。」

邦惠的父親瀨戶山少校是今村的直屬長官，他的確是會說這種話的人。

「嗯，很符合瀨戶山少校的作風。」

不過為什麼嗜好——這裡的嗜好應該也包含專長之意——會是「醃菜」？

「我媽很會醃菜……我從小就開始學，一般的醃菜大概都難不倒我……味道不輸給超市裡賣的。」

既然瀨戶山都允許她寫在介紹書上了，應該真的有過人之處吧！不過今村仍然忍不住暗想：女兒要相親，怎麼不讓她寫一些比較高雅的嗜好或專長呢？

「呃……對不起，這種嗜好很像黃臉婆吧？」

邦惠似乎也耿耿於懷。

「不，這是很棒的專長啊！寫在履歷表上都沒問題。」

既然連醃菜都會做，家事應該也很內行。

「身為男人，還是比較嚮往擅長家事和料理的女性。畢竟平常吃的都是隊上的大鍋菜。」

現在回想起來，這番話似乎觸犯了現代的女性主義。不過當時今村純粹是出於讚美之意，現在依然沒變。

再說，如果她的答案是茶道或插花，今村只能回答「很高雅的嗜好」，之後就接不下去了。醃菜至少是個共通話題。

「哪種醃菜妳最拿手？我喜歡黃蘿蔔。」

「啊，我最拿手的是醃白菜……蘿蔔類的話，我比較會醃酸蘿蔔，不過黃蘿蔔也會，醃得應該比你們戰鬥軍糧的好吃。」

一個身穿灰喜鵲色調高雅和服的女孩口中，竟會突然跑出戰鬥軍糧四個字！教今村險些把嘴裡的一口茶噴出來。

話說回來，她怎麼知道戰鬥軍糧裡有黃蘿蔔？

「我爸說自衛隊的緊急糧食裡也有黃蘿蔔，還特地帶回來給我們看。當時我和我媽看見罐子裡裝滿了縱切的黃蘿蔔，非常震驚，因為那種切法不存在於我們的常識之中。」

她說得沒錯。自衛隊戰鬥軍糧的黃蘿蔔是裝在固定的軍綠色小罐子裡，配合罐子的高度切成長條狀，塞得滿滿的。

假如邦惠的黃蘿蔔真的比這個好吃，那她的手藝應該很高明。戰鬥軍糧也有白飯，裝在罐頭裡，稱為罐飯；而黃蘿蔔為了下飯起見，往往做得很鹹，不過風味極佳，拿來下酒也不成問題，因此廣受隊員喜愛。

回想起來，今村喜歡黃蘿蔔，應該也是因為在隊內沒什麼機會吃到美食，難得有道佳餚便趨之若鶩之故——因為他在婚後就不再執著於黃蘿蔔了。邦惠的醃菜道道絕品，不過還是她自詡拿手的最為可口。

「今村先生擅長競技體操？」

聽了這句話，便知邦惠仔細閱讀過介紹書。今村只有略為瀏覽，不禁為自己的隨便暗自慚愧。

「對，其實我會成為空降隊員，也是因為這個緣故……不知道妳有沒有看過富士的三軍大演習？」

今村猜測瀨戶山應該會邀請家人觀看，果不其然，邦惠點了點頭。

「空降呢？」

「有，也看過。」

那她應該是在天候良好的年度觀賞的。空降與空襲演習實施與否，取決於天候狀況；天候不佳時取消演習，乃是常有之事。

「那時我只聽到廣播說傘兵跳下，不過完全沒看見。後來抬頭凝視正上方，看得脖子都酸了，好不容易才看到幾個針頭般的小黑點。」

那一年的跳傘應該是從高空起跳，在地上觀看，機上灑落的隊員就是這麼一丁點大小。她這個外行人能以肉眼辨識，應該是下降數百公尺以後的事了。

降落地點固定在觀眾席前方。傘兵須與看台保持適當距離，不可離得太遠；若是降落在演習場後方的灌木叢，可就不像樣了。著地後，迅速折疊降落傘撤離現場，亦是表演的一環。為了讓橫長形看台上的每個觀眾都能看清楚，傘兵必須等距降落於看台右側、左側及中央位置。

傘兵從地上看不見的高度降落還能精準著地，全得歸功於平日訓練有素。

他們必須任由隨高度變換方向的任性山風玩弄，在身體猶如溜溜球或陀螺一樣縱翻橫轉的狀態之下，趕在打開降落傘之前抓準著地點。

「我從國中就開始學競技體操，比較抓得住空中的感覺……所以才會被分發到第一空降團。」

現在擔任小隊長，指揮四十人左右的小隊。

「聽我爸爸說，空降團的人都很團結。」

「是啊！我們稱之為『傘結』。」

基本降落課程可說是空降團的基礎教育，士官與軍官都得參加，接受訓練時一律平等，並藉此培養與後方支援單位——降落傘維修中隊之間的信賴關係。上機之後，長官與部屬便是命運共同體，同生共死。習志野的第一空降團是自衛隊唯一的空降團，素以能夠配合陸自及空自空軍靈活行動為傲；年輕隊員的「傘結」便是由此養成。

「我想妳應該已經聽瀨戶山少校說過很多次，我就不再說明了。」

聞言，邦惠格格笑了，看來今村沒猜錯。

太好了。閒聊到一半，邦惠突然輕聲說道。

「什麼事太好了？」

邦惠似乎只是自言自語，被今村一問，連忙在臉孔前揮了揮雙手。她的臉又變紅了。

「呃，我只是慶幸和你談得來……因為我是頭一次相親。」

原來如此。今村嘴上附和，心裡有點意外。邦惠的父親瀨戶山少校一再問他：「要不要和我女兒見個面？」簡直讓他有點煩了，所以他一直以為瀨戶山少校的女兒沒人要，拚命相親。

「今村先生相過好幾次親了嗎？」

邦惠會這麼問，是因為以今村的年齡與階級，就算相過好幾次親也不足為奇。今村當時二十六歲，官任中尉。

「不，我也是頭一次。」

果不其然，邦惠聽了今村的回答，也露出了意外的表情。今村對邦惠也有同樣的感想，算是扯平了。

「這種事是要看緣分的。我們軍官到了一定的階級以後，的確常有長官或長官的親友介紹相親對象，不過其中還卡了個時機問題。比如有同樣階級的長官同時介紹對象，假如只答應其中一方，另一方就會說：『喂，〇〇中校介紹的你去，我介紹的你就不去喔？』所以為了顧全雙方的面子，只好兩個都拒絕。」

「這是今村先生自己的經驗……？」

「嗯，我的確也有過這種經驗。」

不過今村還不想定下來，也是事實。老實說，他目前仍無結婚之意。不過這對瀨戶山及邦惠都太過失禮，他懂得拿捏分寸，不會把這話說出口。

「那我的時機剛剛好囉？」

說著，邦惠純真地笑了，從那耀眼的笑容可看出她教養極佳。

相親無波無瀾地結束了。

隔天星期一，瀨戶山少校跳過媒人直接詢問今村的感想。面對直屬長官才能用的犯規伎倆，今村不禁苦笑。

「今千金是個很可愛的好女孩。」

「那就是ＯＫ囉？」

「昨天才剛相完親，哪能這麼快決定啊！又不是跟菜販買茄子或番茄。再說依照規矩，要向媒人答覆才對吧？」

「我女兒好像挺中意你的。」

這根本是犯規伎倆大集合。如果今村拒絕了，豈不是給邦惠難堪？

「您幹嘛那麼想把女兒許配給我啊？她可是您的掌上明珠耶！」

那還用問？瀨戶山說道：

「就是因為她是我的掌上明珠，才要許配給我看中的男人啊！」

這句話由長官來說，威力無窮。

「當然啦，我是指和邦惠年齡相近的部下之中。」

這句話是多餘的。

這番畫蛇添足的讚美究竟有無奏效，暫且不論——

今村後來向媒人表示希望進一步交往看看。當然，這麼做不光是為了顧全長官的顏面。

在介紹書的嗜好．專長欄填上「醃菜」，為了擺放草鞋而差點從門階上跌落——今村想多認識這個可愛又有點與眾不同的女孩，也是事實。

＊

「你回來啦！」

今村回到基地外的官舍之後，邦惠便從走廊上快步跑來，接過今村的隨身物品。今村直接走向四房兩廳的客廳，邦惠則從身後替他脫下制服。今村一脫下領帶和襯衫，便全塞給邦惠。清理制服向來是邦惠的工作。

二十四歲出嫁的長女最愛拿這點來攻擊今村，說他是太上皇。

現在不流行這種丈夫啦！要是媽病倒入院該怎麼辦？媽也真是的，別那麼寵爸爸嘛！

囉唆的女兒已經出嫁，再也沒人抱怨今村的這個習慣了。若是邦惠反彈倒還另當別論，不過今村可沒打算為了迎合時下潮流而改變長年以來的習慣。

身為老大的長男比長女早一年結婚，沒住在家中。今村心裡其實很期待長男也能當自衛官，不過長男卻選擇在東京的一般企業工作。長男家立了一個規矩，長假期間除了舉家出遊以外，要輪流回夫妻雙方的老家。今年正好輪到老婆的娘家，所以不回今村家。

「今天我做了你最愛吃的燉紅鯛。你先喝點酒吧！」

隊上的餐廳是西式桌椅，所以今村堅持家中飯廳得採日式座席。基於這個信念，今村家的飯桌向來是矮几。然而自從移到鋪設木製地板的新官舍之後，受到長女的喜好左右，矮几又是鋪地毯、又是配沙發，成了相當現代化的飯桌。

坐在可謂長女遺產的飯桌邊時，今村依然偏好座墊；只要背靠沙發，坐起來就像背椅一樣舒適。現在再也沒人向他抱怨：沙發是吃完飯後休息時坐的！爸，你看啦！你靠著的部位都磨平了！

今村換上沙發上的睡衣，打開電視，轉到新聞台；此時邦惠端出了一小鍋燙豆腐、她最拿手的醃白菜及氣泡酒。

「喂喂喂，現在已經不用花錢在孩子身上了，飯前總可以喝點啤酒吧！」

「對不起，我一時沒留心，就照平常的習慣買了。下次我會注意。」

說歸說，邦惠每買三次酒，總有一次會買成氣泡酒。年輕人似乎說這叫「天然呆」，總之邦惠做家事雖然仔細，卻常不小心出錯。

不過這也是老妻的可愛之處。一思及此，今村又突然想起早上來襲的「小千」，表情忍不住沉了下來。這些事哪能向別人說！

「哎呀，這牌子那麼難喝啊？下次我不買了。」

正在擺碗筷的邦惠說著便要確認品牌，今村連忙阻止她。

「沒有，味道很平常。我只是想起工作上的事。」

「發生了什麼事嗎？」

邦惠的表情也變得嚴肅起來。當了二十年自衛官的妻子就會變成這樣。

「沒有啦！沒什麼大不了的。只不過是公關部一個老交情的記者換人了，接任的有點難纏而已。」

如果說謊，反而會讓邦惠擔心，所以今村便就無礙的部分據實以告。邦惠鬆了口氣，表情緩和下來。

「現在沒人搶遙控器了，還真有點寂寞啊！」

待邦惠也坐下開動之後，今村喃喃說道。雖然女兒是去年出嫁的，不過時間上距今還不到半年。

「希望她別和老公搶遙控器。」

邦惠也一面點頭，一面動筷。

「這間屋子只有兩個人住，是太大了一點。」

長男結婚時只是「安靜了一點」，但喋喋不休的長女出嫁之後，卻變得「鴉雀無聲」了。或許是因為兩人接連成家之故吧！

「要怎麼辦？妳要打掃也很麻煩吧？要不要找個房間少一點的官舍搬過去？」

今村漫不經心地問道，邦惠皺起眉頭回答：

「不要啦！孩子的爸。有空房，孩子回來才有地方住啊！再說，說不定他們不久之後就替我們生孫子了呢！」

今村覺得他很久沒聽到邦惠如此積極地表達自己的願望了。

「要是我退役該怎麼辦？得搬離官舍啊！」

以今村的年紀，也該考量退役問題了。他從沒聽過邦惠對自己退役之後的生活有何期望，所以才順道一問。

邦惠以筷子俐落地剝下魚肉，毫不遲疑地回答：

「你去哪兒，我就去哪兒。如果沒升上將官，就得另找工作，對吧？不過，如果可以……」

接下來這番話近乎夢想。

「我希望老了以後能搬到安靜的鄉下去住，買間中古屋，方便孩子們帶孫子來住。孫子也可以在大自然裡玩耍……」

這種樸實的心願極有邦惠的風格。長年以來，她一直伴隨丈夫，當個家庭主婦守護家庭，養育孩子，總把家人的願望放在自己之前。在今村的世代，這樣的妻子很常見；但是以現代人的觀念而言，或許迂腐了一些。不過今村也不想迎合長女口中的現代潮流就是了。

「這一點本事我還有，妳就拭目以待吧！」

今村為了掩飾自己的難為情，口氣變得粗魯了些。聞言，邦惠微微一笑，說了聲：「我等著。」

＊

「早安！矢部千尋，矢部千尋，矢部千尋來了！」

才剛上班，千尋已經在大隊長室前堵人了。

今村二話不說，走向一旁把玩相機的吉敷。

「你為什麼沒警告我？」

面對今村小聲逼問，吉敷一如往常地淡然回答：

「士官哪有權力違抗直屬長官的旨意？」

「理論上是這樣沒錯，但你也得顧及和我長年以來的交情啊！」

「她連對中校都這麼強勢了，我一個部下能幹什麼啊？」

「好了，雞同鴨講結束了嗎？我回去反省過，昨天是我沒好好說明企畫內容，所以今天我會仔仔細細地說明這個企畫的用意及目的！請！」

說著，千尋打開大隊長室的門，微微歪了歪頭，示意今村入內——妳以為這是誰的辦公室啊？

走入辦公室裡，書桌後的行程表映入眼簾。

今村覺得這是上天派來的救星。

「很遺憾，今天我得督導空降團的跳傘訓練。」

行程表上的今日欄位裡填寫著某小隊的跳傘訓練。

當然，一般小隊訓練是用不著大隊長親自督導的，不過他要去也沒人會攔他。

千尋與吉敷也很清楚今村只是拿這件事當逃跑的藉口。

「唉呀，實在很遺憾。改天我再聽妳說明那個企畫的用意吧！」

戰鬥服放在內務櫃的小房間裡。今村一面逃離辦公室，一面壞心眼地偷偷打量千尋的表情。他以為千尋此時一定一臉不滿。

「好，那我們改天再談，『一言為定』。」

誰知千尋依舊和平時一樣滿臉笑容，還刻意強調「一言為定」四字。

今村膽顫心驚。我是不是落下了話柄啊?千尋雖然面帶笑容,眼睛卻沒笑意。
總之現在還是三十六計,走為上策。就算落下了話柄,也覆水難收了。

「混帳,逃到空中就不能追了。」
千尋板起臉瞪著從跑道離地的C—1,喃喃說道。
「該怎麼辦?今天要先回去嗎?」吉敷問道。
「少開玩笑了。」千尋用鼻子哼了一聲,駁回他的提案。
「我要在這裡等到他下機為止,給他施壓。」
「說不定他會改變訓練行程,在其他營區降落。」
「那我就等到降旗典禮,把這個事實和留言一起寫在警衛紀錄上,給他壓力。再說,他人不在,有些事反而好辦。」
「什麼事?中尉。」
「可以趁現在採訪今村中校的為人風評啊!他的部下又不是全出動了。吉敷上士,我當然也會訪問你的。」
你和他是老交情了吧?千尋笑著問道,不過眼睛依然不帶笑意。

＊

今村已經被「小千」纏了十幾天。在他四處逃竄期間，千尋似乎改向他的部下進攻，最近周遭的責難聲浪變大了。

「您在酒席上不是也常談這些事嗎？」「您和夫人相識的過程很溫馨啊！她那麼有熱忱，一定會寫成一篇好報導的。」「我知道您是害羞，可是也用不著這樣嘛！」

你們到底是站在哪一邊的啊！我們的「傘結」跑到哪兒去了！今村一抗議，周圍的人便婉言勸解：「這和傘沒關係吧！」

不過部下並未洩漏情報，可見得「傘結」仍有作用，今村無從埋怨。他自己也知道這樣東躲西逃很幼稚，難免感到心虛。

「你沒說過她這麼難纏啊！」

今村向吉敷抱怨，吉敷只說：「我也是頭一次和她搭檔工作，被她耍得團團轉。」撇得一乾二淨。

「我已經很努力幫忙中校了，可是不管我再怎麼誘導，她就是不肯改變自己的決定。或許她還挺適合當記者的。」

「啊，今村中校！」

不知是否如廁去了，片刻不見人影的千尋耳聰目明地發現站在走道上說話的兩人，立刻衝了過來。今村連忙逃走，無奈腳步輸給了年齡，慢了一步。

「您答應過我，要聽我說明企畫的用意！」

千尋牢牢挽住今村的手臂。她只是為了抓牢今村，別無他意，但那富有彈力的隆起部位整個壓在今村的手臂上，今村連忙使勁甩開她。

「年輕女孩子動手動腳，成何體統！」

今村道貌岸然地斥責道，但要說他沒動搖，就是違心之論了。吉敷在一旁冷冷地看著他，熟識士官的視線扎得他渾身發疼，只好以「我只是聽聽喔！」為條件，乖乖就範。

他們來到了大隊長室的狹窄會客區，女性自衛官端上茶水。但千尋碰也沒碰，直接切入正題：

「您應該知道女性自衛官的隊內結婚率很高吧？」

男性自衛官由於「僧多粥少」之故，隊內結婚率並不高，不過女性自衛官的隊內結婚率卻號稱高達99％。因為她們用不著往外發展，在隊內隨時有一堆年齡相仿的男性圍繞，自然而然就湊成對兒了。

今村點了點頭，千尋又補充說明：

「那您應該也知道隊內結婚者的離婚率很高吧？」

這也是常識。

最大的理由是婚後轉調。男女隊員並不會因為結婚而收到相同的轉調命令。有時一個先轉調，另一個也接著轉調，搞到後來根本分不清哪一個的住處才是真正的家。

此時隊員只能提出轉調申請，在順利轉調到伴侶的屯駐地之前，實際上過的都是單身生活。有的長官會體諒夫妻分隔兩地的難處，將隊員調到同樣的屯駐地。不過有時丈夫的長官私底下好心將丈夫調到妻子的屯駐地，誰知妻子的長官也同樣將妻子調到丈夫的屯駐地，夫妻倆一來一往，又失之交臂。這種情形可不是笑話，而是血淋淋的事實。

「我想請同仁在這個專欄上分享他們的結婚經驗。有許多年輕隊員的感情都是以分手收場，我設立這個專欄，就是希望前輩或同輩的實際經驗，能夠成為他們重新思考婚姻大事的契機。當然，將來我也打算請擁有離婚經驗的隊員來分享他們的故事。」

小千——矢部中尉的聲音極為真誠。看來她拱今村上台，並不只是為了看好戲。

「既然這樣，妳找年輕隊員採訪就好啦！」

「我當然也會採訪年輕隊員。不過，隊內結婚者的離婚率高，是整個自衛隊的問題；我希望能由各個年代同仁的觀點切入，來探討這個問題。就這層意義上，第一回請今村中校分享經驗是很重要的。」

幹嘛不找別人，偏偏找我啊？今村板著臉，大聲啜飲茶水。

「第一空降團沒有其他相似的部隊，是整個自衛隊中最特殊的部隊之一。今村中校是這個部隊的老軍官，有您暢談結婚觀，一定能為第一回專欄帶來十足的衝擊性。還有，雖然這樣像是利用貴部隊的知名度以及今村中校的階級，讓我覺得很過意不去；不過第一回能夠邀請到這麼有份量的來賓，以後的路子就開闊了。」

妳哪裡過意不去啦？根本滿腦子想著要利用我嘛——今村在肚子裡暗罵，卻又不得不承認千尋很聰明。

今村是中校，階級正合適。士官知道這個企畫連中校都參與了，便不好意思推辭；而長官知道他參了一腳，或許也會跟著湊熱鬧——這樣的人今村就認識好幾個。其他部隊不願讓空降團專美於前，自然也會踴躍參與。

千尋顯然無意讓這個專欄淪落為填版面的玩意兒。她試圖呼籲自衛隊正視隊內離婚率高的問題。

如果上砧板的不是自己，或許今村會讚賞她的幹勁。

然而，被長女戲稱為太上皇、日日嘮叨，活到了五十來歲的今村，實在無法對著別人——而且是在整個東部地區軍營都收看得到的《東方報》上談論自己和妻子相識的經過。他的確曾在酒席上對部下自爆內幕，但《東方報》的規模可是大上了N倍啊！

「妳的熱忱我很明白。」

千尋的表情倏然明亮起來。為了儘快了結她這種表情，今村又立刻加上但書，心裡難免有些罪惡感。

「不過事關隱、隱……」

今村想不起那個名詞，正在結結巴巴之際，一旁靜靜喝茶的吉敷替他解了圍：「隱私權，或個人隱私。」

「事關個人隱私，要不要公開，我希望能由當事人決定。結婚的過程不只是我一個人的事，同時也是我太太的隱私，我不能自作主張；不管妳再怎麼要求，我都不會說的。」

「——我明白了。」

千尋低著頭回答，態度乾脆得教人意外。
比起終於擺脫她的安心感，拒人於千里之外的罪惡感要來得大上許多。
「今天我們先告辭了。」
千尋離席，吉敷也跟著起身。

*

今村沒看見千尋離去時的表情，心裡格外掛念。不知那個百折不撓的「小千」回去時是帶著什麼表情？
其實只要詢問她的搭檔吉敷就知道了，可是一想到萬一千尋回去後真的痛哭一場，他又沒勇氣打手機。若是他真的為了固執己見而弄哭了與長女年歲相仿的女孩，罪惡感鐵定一發不可收拾。
今村無精打采地回到官舍，一陣火鍋香撲鼻而來。不愧是老妻，知道丈夫心情正沮喪。
「我回來了。」
今村一面對著屋裡說話，一面脫鞋，此時突然有股異樣感，但這股異樣感隨即被邦惠的拖鞋聲打消了。
他一如往常，一面解開制服鈕釦，一面走向客廳。還沒踏進客廳，邦惠便從身後替他脫下制服。他暗自奇怪妻子這回脫制服的時機怎麼比平常早，一面解下領帶遞給她。

「襯衫先別脫，繼續穿著。」

哪有換衣服換到一半的？今村一頭霧水，踏進客廳一看，不由得從丹田發出了怒吼聲：

「你們為什麼在這裡——————！」

現在他才明白那股異樣感的來源——玄關多了幾雙鞋子。

坐在地毯上的吉敷尷尬地聳了聳肩，行了一禮；至於千尋——

「不好意思打擾了～！」

百折不撓的千尋則掛著一貫笑容，行了個三指按地的大禮。

「邦惠！」

與千尋對槓沒有勝算，所以今村將砲口轉向邦惠。

「難得要吃大餐，別這麼氣呼呼的嘛！我們先開飯吧！邊吃邊談。」

邦惠一句話便帶過了。

今村心不甘、情不願地坐在孩子在家時的位子上吃火鍋，主菜居然是國產黑毛和牛。

「幹嘛給這些傢伙吃這麼好的肉！」

千尋無視於不悅至極的今村，興高彩烈地伸長了筷子叫著：「哇！好軟，好好吃！」平時只能吃隊舍粗菜淡飯的吉敷也默默地吃著火鍋，今村為了保住自己的那一份，只能一面咕噥，一面乖乖用餐。

食物下肚，今村自然也變得冷靜多了。邦惠看準時機，開始說明：

「矢部小姐是在今天下午三點左右打電話來的。」

您好，我是公關部的矢部。我想請今村中校在專欄上分享他和夫人相識的經過，但今村中校卻說事關夫人的隱私，他不能自作主張；所以我希望能在您有空的時候到府上拜訪，說明我們的企畫，不知道您方不方便？

據說千尋是這麼說的。

「我聽了好高興。」

「這種打通電話就硬要上門的不速之客來家裡，有什麼好高興的？」

「今天是我請他們來的。千尋和吉敷還陪我去買菜呢！你看，今天有啤酒吧？其實氣泡酒還沒喝完，不過吉敷說要幫我拿，我就多買了一些。千尋還幫我做菜呢！很久沒這麼熱熱鬧鬧地買菜、煮飯了，我好開心。」

邦惠又繼續說道：

「至於我說我很高興，是因為你大可以儘管說，不用管我，但你卻顧慮我的感受，讓我很感動。」

其實今村只是拿妻子當搪塞的藉口，聽了這番話不由得良心不安。

「而且你也沒說過為什麼和我結婚，如果千尋採訪時會談到這件事，我也很想聽聽看。」

「妳該不會……」

今村戰戰兢兢地問道，邦惠滿臉笑容地點了點頭。

「我已經答覆千尋，說我完全不介意。」

如果要一頭栽在餐桌上，裝蛋的碗、餐盤和筷子未免太礙事。再說千尋與吉敷就在面前，今村豈能失態？他奮力保持冷靜。

笑盈盈地坐在對面的千尋彷彿在說：「請放心，我絕對不會告訴夫人，中校只是拿她的隱私來當藉口而已。」吉敷雖然頂著一張教人摸不清心思的撲克臉，但他的面無表情反而教今村倍感愧疚。

「對了，你們會刊登我先生的照片嗎？」

「當然會。」

「那很好啊！老公，吉敷很會照相，一定能把你拍得很帥。」

吉敷的本領如何，今村早就知道了。不過他現在也只能擺出笑臉，陪著毫無心機的邦惠高興。

「夫人要不要一起合照？反正我有帶相機來。」

也不知吉敷在想什麼，突然出了這個主意。今村瞪大眼睛，妻子則是高興地拍手。

「可以嗎？」

「這是結婚專欄嘛！刊登夫婦的合照或許比較適合。就算沒刊登，我也會把照片沖洗出來寄給您的。」

「你等等，我去補個妝！」

邦惠立即起身，吉敷又給了個建議：

「妝不要化太濃。在室內拍照，化淡妝比較上相。」

邦惠一走出客廳，今村立刻斥責吉敷：

「吉敷，我現在的心境就和『你也有份？布魯圖斯！（註1）』一樣！」

「有什麼關係？夫人也很高興啊！夫人人那麼好，我當然想讓她開心一下了。」

吉敷無視今村，立刻開始著手調整相機。

「餐桌收拾一下比較好……矢部中尉，拜託妳了。」

「收到！」

不知千尋是否已有醉意，只見她搞笑地回答之後，便起身收拾餐桌。她的動作並無不穩，看來不是喝醉，只是心情很好而已。

邦惠再度登場之前，千尋已經把桌面收拾得一乾二淨了。看來微笑小千同時也是俐落小千。

「一起坐在沙發上，比較好入鏡。好，再靠近一點……夫人的表情很好，中校可別輸給夫人喔！」

碰上這種情況，我哪笑得出來啊！今村的笑容顯得頗為勉強。

註1：凱撒大帝在被暗殺時，對他所信任的人說的話。

吉敷按了幾次數位相機的快門，確認照片效果之後，終於死心，改變指示：

「我們改變方針好了。夫人維持原狀，今村中校盡量擺出嚴肅、甚至帶點怒意的表情。這應該很符合您現在的心境吧？」

「咦？這樣照好看嗎？」

千尋在一旁潑冷水，吉敷一本正經地回答：

「嚴肅的丈夫和支持他的爽朗妻子，我覺得這樣的構圖很符合今村中校啊！」

隨你愛怎麼說就怎麼說！不過只要板著臉就好，對現在的今村而言倒是件容易的差事。

吉敷又按了幾次快門，這會兒的照片他似乎滿意了。

「怎麼樣？」

液晶畫面上顯示的照片之中，邦惠的溫和與今村的嚴肅（或該說是心虛與不快）成了有趣的對比。

「不過我無法保證一定刊登。」

「沒關係。都這把年紀了，又不是什麼紀念日，還能請技術這麼好的人替我們夫妻拍合照，我已經很高興了。」

「我明天就過去採訪，可以嗎？」

千尋回去之前如此確認道，結果她到了快十點才打道回府。她本人是自衛官，又有吉敷陪同，應該不用擔心安全問題。

「嗯，明天可以。不過妳別再來我家了。」

「唉呀，老公，你怎麼說這種話嘛！你們別放在心上，這個人一發起脾氣，得要好一陣子才會消。明天一覺睡醒就沒事了。」

在邦惠從旁緩頰之下，今村費了九牛二虎之力才把兩人趕出玄關。

報導邦惠也會看，這下子不能胡謅打混了。這是拿邦惠當拒絕理由的戰術有誤，還是天譴？今村總覺得是後者，不禁略為消沉。

「我要洗澡了！」

說著，今村立即旋踵走向屋內，邦惠則一如往常，開朗地回答：「好，好！」並走向浴室替他放洗澡水。兒女於前年及去年相繼結婚，生活變得安靜許多；千尋這麼活潑的女孩登門造訪，似乎讓她很開心。

見邦惠如此高興，今村開始覺得「別再來了」這句話或許說得過分了點。

「這麼一提，妳又是什麼時候決定的？」

「什麼？」

或許是水聲太吵沒聽清楚，邦惠一面反問，一面走回客廳來。

「我問妳是什麼時候決定的？」

「決定什麼？」

「決定和我結婚啊！」

「哎呀！」

邦惠羞怯地擺了擺手回答：

「我幾乎是一見鍾情。相親的時候，我不是手忙腳亂地在擺草鞋嗎？那時候我急得像熱鍋上的螞蟻，你卻不動聲色地抓住我的後襟，支撐住我。被一個制服筆挺、威風凜凜的男性用那麼裝模作樣的方式幫了一把，沒見過世面的黃毛丫頭一下子就墜入情網啦！我說嗜好是醃菜，你也沒取笑我，還很認真聽我說話。」

啊，原來妻子也和自己一樣，將初次見面時的情景記得一清二楚。一思及此，今村便體認到兩人共度的時光有多麼可貴。

老妻如醃菜，愈久愈入味。今村以醃菜為題，作了首拙劣的詩。

話說回來，邦惠說當時的今村裝模作樣，可教他不太服氣了。為了明天的採訪，邦惠剛才的感想就當作沒聽過吧！

＊

當年的進一步交往是以結婚為前提，相當慎重，不像現在的年輕人，兩、三下就發展到婚前性行為。

首先得拜訪彼此的家庭。頭幾次見面，交由媒人安排，實際交往則是在媒人說「之後就交給小倆口自己安排」以後。

剛開始和邦惠交往，通常是去看電影或風景區遊玩，晚上頂多吃頓時間較早的晚飯，吃完晚飯之後還得負責送她回家。
長官瀨戶山嘴上說今村是他看中的男人，但是一過晚上七點，就會開始坐立不安地盼著女兒回家（瀨戶山夫人提供的情報）；因此門禁到八點是彼此心照不宣的規矩。
交往半年之後，就是相親做出最後決定的期限。而今村和邦惠的交往也漸漸接近這個期限了。
雖然他們定期向媒人報告「交往得很順利」，但是遲遲沒下結論，令周圍相當擔心。今村知道該由身為男人的自己開口，但他又找不到契機。
基本上，答覆是透過媒人，無須顧慮對方的意願，只管說便是了（媒人就是為此而存在的）。但今村卻很想知道邦惠是怎麼想的。
如果交往的時間能再長一點就好了。起先都有媒人居中安排，兩人自行作主的期間頂多只有三個月左右。
當時的相親習俗不容許他們像一般情侶一樣放鬆心情交往。
某一天，今村得去買套新西裝。
「不好意思，能麻煩妳下週日陪我去百貨公司嗎？我平常都穿制服，沒買過西裝，想請妳陪我挑選……」
好，可以啊！邦惠一如往常，溫和地答道。
不知道是和今村客氣，或是原本就內向，邦惠從來沒有反對過今村的提議。這也是今村拿不定主意的理由之一，他擔心邦惠其實想拒絕，只是騎虎難下才勉強繼續交往。

他們約好十一點在當地的伊勢丹百貨前會合，於美食街用過餐後，再慢慢挑選西裝。

今村告訴店員他想要兩套當季的西裝，現成的就行。店員量過今村的尺寸後，便拿出了許多成品來，乍看之下色調都差不多。這也是無可奈何之事，西裝使用的顏色及花樣有限，不像女裝那樣五彩繽紛。

今村不禁擔心起邦惠是否會感到無聊。邦惠替試穿西裝的今村拿大衣，枯等一個不斷試穿相似西裝的男人，應該很無趣吧？

店員一面替這些色調相差無幾的西裝搭配襯衫及領帶，一面推銷：「您瞧，這樣搭配起來是不是很高雅？」但沒一套讓今村滿意。

店員大概是認為問男方沒用，轉而徵詢邦惠的意見。

「太太，您覺得如何？」

「啊，是。」邦惠回答，在店員的呼喚之下走到了今村身邊。

「我覺得這一套很適合先生。」

「是啊，不過襯衫的花樣再素一點比較好。」

見邦惠和店員開始討論起來，今村只覺得傻眼。

——妳還不是我太太，我也還不是妳先生吧？

「另一套就選往前數第三次試穿的那套西裝好了。能麻煩再把那套西裝拿出來嗎？」

邦惠還記得今村試穿過哪些西裝，也讓今村驚訝不已。

店員將邦惠所說的西裝再次放在今村身上比較，邦惠看了，滿意地點了點頭。

「非常合適。」

「是、是嗎？」

今村一面點頭，一面偷偷瞄了袖口的標價牌一眼。邦惠選的兩套成套西裝稍微超出了預算，不過這是她特地為自己挑選的，還是咬著牙買下去吧！正當今村暗自盤算之際，邦惠又開始挑選搭配兩套西裝用的襯衫及領帶，最後將花費縮到了今村原先表明的預算範圍之內。

修改褲管得花上幾天，所以當天今村空手而歸。走出賣場後，今村茫然地喃喃說道：

「我從來沒看過妳這麼積極。」

「我是女人，比男人喜歡購物，也比男人更會挑選商品，只是不好意思出太多意見，才忍著沒開口。看今村先生試穿的時候，我可是心癢難耐呢！」

啊，說到這個——

「還有一件事，我也感到很驚訝。我們明明還是今村先生與邦惠小姐啊！」

今村忍不住追問邦惠被店員以太太、先生稱呼時為何沒否認，邦惠開朗地笑了。

「店員誤以為我們是夫妻，我覺得很好玩。」

接著邦惠又小聲說道——她叫我太太時，我心跳得好快喔。

今村從斜上方俯視嬌小的邦惠，只見她的臉頰淡淡地泛了紅。

就是她了。猶豫不決的心情便是在這一瞬間底定的。今村恨不得當場向她表白，但這場相親有兩位長官監督，他不能自行省略步驟。

「下禮拜我們去賞楓吧！楓葉差不多紅了。」
「好的，我很樂意。」
今村在兩人同去賞楓之前便向媒人報告了結婚之意，邦惠也立刻給了答覆；賞楓的時候，他們頭一次像情侶一樣手牽著手。

＊

——這麼說來，一開始相親時，您對夫人就已經留下很好的印象囉？
「沒錯，我看她為了放草鞋而差點從門階上摔下去，就覺得她是個很有教養的好女孩。專長是醃菜雖然出人意表，不過也顯示出她很會做家事。」
——夫人對您的印象如何？
「這我就不知道啦，得問她本人。不過我透過媒人表示希望與她進一步交往，她沒拒絕，我相信對我的印象應該不差。」
——你們交往半年之後決定結婚，請問是哪件事促使您決定娶夫人為妻？
「我為了買新西裝，和內人一起去伊勢丹百貨，試穿的時候，她一直替我拿著大衣，在一旁等候。當時店員叫她『太太』，她答了聲『是』，我就想：喂喂喂，妳自認是我太太嗎？那我就娶回家囉！這話固然是開玩笑，不過這件事的確鼓勵了我。雖然她的個性有點迷糊……」
——是啊，是個溫柔可愛的好太太。
「多餘的話不用說……不過該細心的地方很細心，我覺得自己不在的時候，可以放心把家交給她。」
——把家交給她的意思是……
「幹自衛官這一行，不知道什麼時候會發生狀況。發生狀況的時候還惦記著家裡的人，要怎麼保護國家呢？唯有相信自己出事的時候，妻子能夠照顧家庭，我們才能放心去執行各種任務。或許是自衛官父親教導有方，內人在這層意義之上，是個非常值得信賴的女性。」
千尋停止錄音機，今村總算鬆了口氣。
「聽好了，寫得平實一點，不要誇大其詞。」
見今村一再叮嚀，千尋吐了吐舌頭：「我這麼沒信用啊？」
千尋說得好聽一點是企圖心強，說得難聽一點是貪得無厭，在不誇大其詞這件事上毫無信用可言。
「最後我個人想請教您一個問題。」
「什麼問題？」
「您對自衛官通婚有什麼看法？」
自從自衛隊開始錄用女性之後，這種形式的婚姻便急速增加。

一旁的吉敷正在收拾相機，千尋則是以真誠的視線凝視著今村。

「我的意見很苛刻，沒關係吧？」

千尋點頭，今村回答：

「我看了隊內通婚的年輕人，常懷疑他們對於自己的職業到底有多少自覺。」

「為什麼？」

「沒有孩子的時候倒還沒關係，可是我個人認為，孩子一出生，夫妻倆其中一方就該辭去工作。有了孩子還繼續當自衛官的人到底有沒有考慮過發生萬一時該怎麼辦？」

一朝出事，自衛官就得前往戰地，甚至有可能殉職。

「假設半夜發生戰爭，國家召集整個自衛隊，夫婦都當自衛官且有孩子的人該怎麼辦？老家就在附近，可以幫忙照顧孩子的幸運兒能有幾個？有托兒所或保姆肯半夜收留小孩嗎？難道要把小孩獨自丟在家裡，直到遠方的親戚趕來照顧？或是把小孩帶到營區來？」

「不過，官舍裡也有妻子本來是自衛官，婚後辭職專心當家庭主婦的家庭……或許可以請他們代為照顧。」

千尋這麼想，就代表她還不懂得國防的真髓。

「要是出了緊急狀況，夫婦都在這場戰爭之中喪生，該怎麼辦？」

千尋的臉色瞬間轉青，低下了頭。

「關於隊內通婚，有很多意見與選擇，不生孩子也是一種選擇。如果老家和官舍裡的人都肯幫忙，或許可以建立戰爭時的照顧網，並事先安排監護人選。反過來說，成家之後，考慮得如此周到的年輕隊員能有幾個？或許要求年輕人考慮這麼多，是太嚴苛了一點，不過自衛官就是這種行業。妳身為軍官，不該把戰爭當成空想。」

說著，今村站了起來。採訪地點在會客室。

「今村中校！」

一道尖銳的呼喚聲叫住今村，今村回頭一看，只見千尋起身對著自己敬禮。

「感謝您寶貴的教誨！」

這個女孩畢竟也是自衛官啊——不過還是初生之犢。

今村如此想道，舉手示意，離開了會客室。

＊

走向習志野營區停車場的路上，千尋一直默默無語。

提著攝影包的吉敷猶如作陪一般，也是一聲不吭。

「吶！」

直到抵達他們的箱型車之後，千尋才開口說話：

「結婚生了孩子以後，該怎麼辦？」

「我會辭職。」

吉敷理所當然地回答。

「妳是軍官，就生涯規畫而言，該是妳留下來才對。再說，我還可以靠照片吃飯。能住在一起就住在一起，不能住在一起的話，分開生活也沒關係。」

見吉敷說得輕描淡寫，將攝影包收進後車廂，千尋忍不住從背後抱住他。

「別這樣，這裡是軍營耶！」

吉敷冷淡地甩開她，但顯然沒用上力氣。千尋抱得更緊了。

有吉敷為伴，生了孩子也沒有後顧之憂；就算自己喪命，也能放心把家庭交給他。

我最喜歡你了，千尋喃喃說道。吉敷回了句「我也是」，摸了摸她的頭髮。

Fin.

軍事、宅男、男朋友

Military Affairs, Otaku, and He

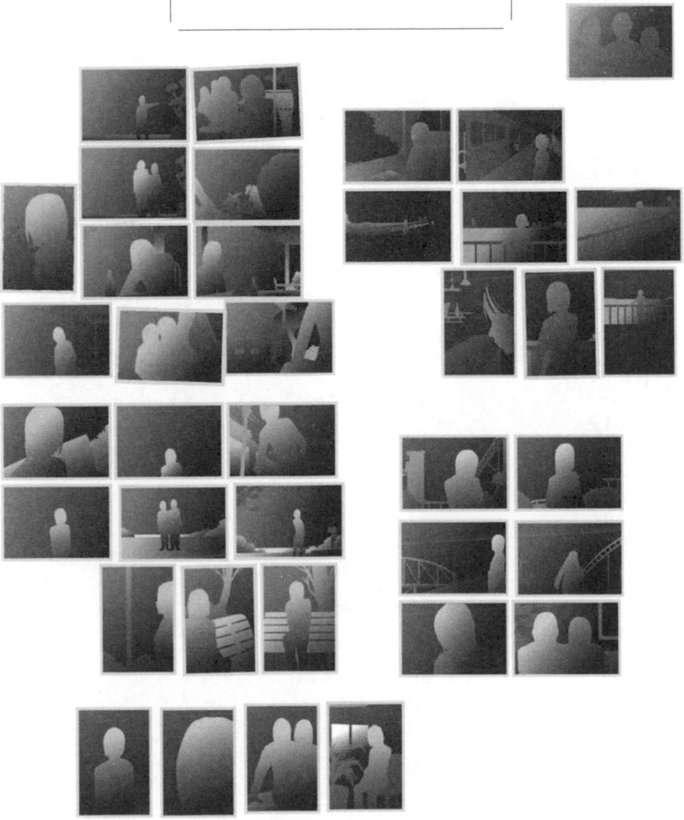

＊

那一天，櫻木歌穗在大阪南區與學生時代的朋友聚餐。她和這些從高中就相識的朋友一起喝酒，時間總是過得特別快，轉眼間便到了得留意末班電車的時間。

「糟啦，我得回去了。」

歌穗看著手錶，她的女性朋友對她說：

「沒關係啦！住我家就行啦！房間亂了一點就是了。」

說話的朋友叫裕子，一個人住。歌穗沒趕上末班電車時，向來都是借住她家。

「裕子，妳胡說什麼啊？妳的房間明明整理得整整齊齊。不過今天不行啦，我忘了預錄明天的節目。」

「不能打電話託妳家人幫忙錄啊？」

「我弟參加社團集訓，不在家。」

歌穗的雙親簡直像是怕被她那台硬碟式錄放影機咬到一樣，別說要預錄節目，連其他功能都一竅不通。要歌穗趕在隔天一大早回家，又太累人了。

「我先付我的餐費。」

她放了四千圓在桌上，作為中途離席的餐費。「如果不夠，裕子先替我墊一下。」接著便慌慌張張地穿上鞋子。

歌穗隨口說了聲再見，便衝出店門。

離歌穗家最近的車站是上新庄，她搭上的是倒數第二班車，勉強安全上壘。她租了個自行車車位，平時通勤用的淑女車便停在那兒；她到停車場拉出淑女車，疾馳於夜路上。當然，她沒忘記開車燈。自從她國小時忘了開車燈，被車撞到以後，她就養成了這個習慣。

步行十五分鐘，自行車五分鐘可達的歌穗家是古老的木造成屋；歌穗將自行車丟進幾年前重新翻修之後顯得格外突兀的車庫之中，打開了玄關大門。

「我回來了！」

她讀高中時，父母管門禁管得很嚴，不過到了二十幾歲，父母便放任不管了。母親似乎正在熬夜，聽見她回來，也只是從屋裡隨口應了聲：「回來啦！」放任狀態可見一斑。

歌穗衝上二樓的房間。她的房間雖然小，卻擺著專用的液晶電視和硬碟式錄放影機。弟弟到現在還會取笑她：那個人留下的紀念品還真是不同凡響啊！

歌穗看著節目表，一面確認節目播放時間，一面設定預錄時間。她要錄的節目是——兒童的最愛，週日早上連播兩集的特攝片。

唉！我都這麼大了，和朋友聚餐，卻得中途離席來錄這些戰隊、游擊隊、騎士玩意兒。

歌穗換了件衣服，在洗澡之前先打開電腦收信，發現有封新郵件。

說來不甘心，這封信是從最令她開心的位址傳來的。她迫不及待地打開信件。

『歌穗：

近來好嗎？我過得很好。
聽說《JUMP》的「愛國者！」腰斬了，是真的嗎？
我在意得晚上都睡不著！拜託妳幫我留下它腰斬的那一期！

光隆』

看完信件，歌穗的頭不禁在鍵盤上垂了下來。
他遠征海外，女友留在日本成天擔心他的安危，但他──
「最掛念的居然是漫畫有沒有被腰斬!?世界上哪有這種自衛官啊──────！」
這位光隆叫做森下光隆，擔任海上自衛隊下士，目前遠征海外，是歌穗的男朋友。

『光隆：

聽我弟說那部漫畫被腰斬了。他應該有買雜誌，我會向他要。
今天我和裕子她們一起聚餐，她們說下次要辦聯誼。

她們也有邀我，我很久沒參加聯誼了，正在考慮要不要去呢～

歌穗』

歌穗故意使心眼，回了這封信，接著便去洗澡，當天晚上氣鼓鼓地睡了一覺。

隔天早上，可悲的習性又促使她在兒童節目的播出時間醒來。這個習慣是平時為了確認錄放影機有沒有確實錄影而養成的。她開啟電腦，發現光隆又傳了封郵件來。

主旨為「對不起」。

『歌穗：

對不起，我為了漫畫寄信給妳，是不是讓妳不高興了？

我實在太震驚了，所以不小心疏忽了妳，對不起！

這樣的我沒資格阻止妳去聯誼，不過能不能請妳至少等到我回國以後再去？雖然我是個一無是處的宅男自衛官，但我實在不想把妳拱手讓人。要在外國和情敵競爭，地理上對我實在太不利了。請妳務必重新考慮。

光隆』

……唉！真是的。

歌穗哼起了不知不覺間學會的兒童節目主題曲。都已經二十好幾了還會唱這種歌，都是你害的！我和有孩子的朋友用這首歌玩跳舞機遊戲，都可以完美過關了。

她想像得出光隆打這封信時表情有多麼焦急。

「我好想你喔……」

年紀比自己小的男友總是因個子矮及娃娃臉而感到自卑，不過對於歌穗而言，他的笑容卻可愛得令人銷魂。

幸好光隆活動的地區目前治安已經穩定下來，但歌穗仍難免擔心，相思之情更是難以排解。

不過歌穗的情況還算好的了。宅力深厚的光隆不知用了什麼手段，在私人物品中夾帶了筆電，到了海外之後便立刻建立網路，如今隨時可以用郵件聯絡。有時他還會附上與當地人或隊上弟兄一起開懷大笑的照片。

某某游擊隊結束了，現在開始播放的是某某騎士。

歌穗曾陪光隆看過現代版假面騎士。那是在他們倆第一次一起旅行時，當時光隆在星期天大清早準時起床收看，為了避免吵醒歌穗，還刻意降低了音量；不過歌穗向來淺眠，仍然被吵醒了，後來索性陪他一起觀賞。

這是什麼騎士啊！我小時候沒有這個啊！

呃，這是以高加索獨角仙為原型設計出來的……

高加索獨角仙又是什麼玩意兒啊！而且搞這麼多騎士出來，小孩子能夠分辨嗎？

可以啊！現在不是有款遊戲叫昆蟲王嗎？因為這款遊戲，時下小孩對昆蟲異常了解，同時也影響到騎士影集。有這些知識當基礎，辨識上完全沒問題。

哇～兒童產業真是不容小覷啊！

當時光隆興致勃勃地為歌穗講解影集內容。不過對不起，你的笑容比你的賣力講解還要有魅力多了。

「那種笑容根本是犯規。」

要去參加聯誼嗎……話說，為什麼一個女孩子非得在假日一大早起床，幫宅男男友確認節目的錄影嘛！要是沒錄到，可不是一句「對不起」就能了事的。

話說回來——我實在不想把妳拱手讓人。這句話還挺有骨氣的嘛！

歌穗確定錄影燈是亮著的以後，便回了封郵件：「我會等你的，你要快點平安回來。我最喜歡你了。」接著又再度鑽進被窩之中。

＊

剛相識時，歌穗就已經被他的笑容收服了。

那一天，歌穗剛結束為期五天的出差，搭上傍晚的「希望號」，準備回大阪總公司。

歌穗的營業績效雖然不讓鬚眉，但連日出差之後，卻也不得不承認自己體力上的不利。她已經盡量減少行李了，可是出差五天，行李實在不是一只辦公用肩包就能解決，還得另外準備小號的波士頓包來裝換洗衣物。不過若要提著行李在關東圈內奔走五天，最後雙手鐵定報廢。

於是乎，歌穗只好選擇使用手拉車。然而拉著行李移動，在趕時間的時候實在是麻煩至極，一來無法任意穿越人群，二來搭乘擁擠的電車時，其他乘客總是露骨地嫌她擋路。

那次出差淨是碰上這種事，歌穗的體力值已經趨近於零；偏偏那班車又是到博多的最後幾班車，一堆人排隊等著上自由座車廂。都到這種節骨眼了，不是禁菸車廂也行啦！歌穗自我妥協，跑去排三號車，誰知從前頭的禁菸車廂一路走到吸菸車廂，還是沒找到半個空位。拉著礙事的行李，要找座位當然困難了。

歌穗的公司沒大方到肯供基層職員出差時坐對號座，她只好選擇自掏腰包來換取座位；然而向經過的車掌一問，對號座居然全數客滿，就連商務車廂也不例外。

歌穗只好把手拉車拉到走道邊，輕輕坐在上頭。她出差時向來穿著堅固的有跟鞋、及膝褲襪和褲裝，但雙腿依然又痠又腫。

過了品川，又過了新橫濱。果然沒有乘客在這裡下車。

至少得到名古屋，下車的人才會變多。就算到了名古屋，如果動作不夠快，還是搶不到位子。

有沒有人肯讓位給我啊？歌穗作著春秋大夢。

白痴，在這種狀況之下，要是我坐著，我也不會讓。

正當歌穗在內心對自己吐槽之際，突然有人出聲叫她：「小姐。」起先她不知道對方是在叫自己，沒有反應，對方又含蓄地拍了拍她的背部。原來是手拉車旁座位上的乘客。

他生了一張娃娃臉，如果沒穿著西裝，還真看不出來他是個社會人士。

幹嘛？嫌我的手拉車擋路啊？歌穗滿心不悅，冷冷地問了句：「什麼事？」

男人露出了讓人不禁質疑他是不是高中生的笑容，說道：

「呃，我想上廁所，能不能請妳把行李拉開一點？如果妳願意，我去上廁所的時候，妳可以坐這個位子。」

面對這個意外的提議，讓腳休息片刻的欲望贏了。歌穗回不出話來，只能點點頭。見狀，男人便站了起來，他的身高和一百六十幾公分的歌穗相差無幾。

「請。」

在男人的催促下，歌穗坐在他空出來的靠走道座位。發腫的雙腿立刻變得舒服許多。

「不好意思，謝謝你。」

即使只有短短的如廁時間，能夠讓腳獲得休息，歌穗已經萬分感激了。

出差累積的勞累讓歌穗不禁閉上了眼睛。在他回來之前閉目養神一下而已。她一面對自己辯解，一面委身於睡意之中。

希望他上的是比較花時間的那一種。當時的歌穗曾如此暗自期望，則是個不為人知的秘密了。

歌穗醒來時，雙腿的腫脹已經改善許多，而且還睡得飽飽的。

她猛然一驚，抬起頭來，只見娃娃臉男靠在走道對側的座位之上。車上人潮擁擠，座位上的乘客並沒抗議。

娃娃臉男微微一笑。

「妳的行李沒事，我有替妳看著。」

他指了指行李架。行李架原本就是空的，只是歌穗沒力氣高舉行李，所以才沒放。看來是他替歌穗放上去的。

不，不對吧！

關西人的習性令歌穗又忍不住在心裡吐槽。她連忙起身。

「對不起，我睡了多久？」

才剛問完，車上廣播便宣布列車即將抵達名古屋站。

歌穗全身的血液都集中到臉頰上來了。她居然呼呼大睡了一小時。

「對不起，我太厚臉皮了……你可以叫醒我啊！」

「啊，沒關係啦！我本來就打算繼續讓位給妳坐。」

娃娃臉男又露出了高中生一般的笑容。

「我不像妳那麼累，體力也比妳好。」

哇！這個年頭居然還有這麼好心的人！歌穗內心愕然，但還是起身說道：

「對不起，不過我已經休息夠了，位子還你。」
「妳坐到哪裡？」
「新大阪……」
「那沒多遠了嘛！妳就坐到下車為止吧！我要坐到博多，不差這一點距離。」
老實說，歌穗此時心臟揪了一下。
這位矮小的先生從東京坐到博多，卻把大半路程的座位都讓給她坐。雖然他生了一張娃娃臉，不過長相還不差——我會墜入愛河也是理所當然的吧。
從名古屋到新大阪這段路上，他們聊天聊得很投緣。歌穗問起他的職業，他露出了略為困擾的表情回答：「國家公務員。」令歌穗的印象格外深刻。歌穗又問他：「你從前來過關西嗎？」他又難以啟齒地回答：「常去舞鶴。」
啊！歌穗猛然回神。說到京都舞鶴——
「你是自衛隊的人嗎？」
「對，海上自衛隊。」
一談到職業，他的應對就變得很消極，原來是這個緣故。不知他如何解讀歌穗的表情，只見他又露出可愛的笑容，抓了抓腦袋說：
「因為一般人對這種職業沒什麼好感……」

——但是我對你的笑容超有好感的啊！

「我不在乎這些。」

歌穗不知如何反應，只好挑了個最無關痛癢的答案。

「你要坐到博多，卻把大半路程的座位都讓給我坐；對我而言，你是個普通的好心人。這和職業根本沒關係，我真的累透了，所以很感激你。」

說話像機關槍，也是關西人的天性。

他依然站在座位的對側，略微害羞地點了點頭。

「聽了妳這番話，我很高興。」

哇！慘了，沒救了。

我中箭了。

廣播宣布即將抵達京都。

「過了京都以後，最好先把行李拿下來。」

許多乘客在京都下車，但他並沒有坐到空位上。上車的新乘客一見有空位，立刻又坐滿了。

新幹線如滑行似的駛出之後，他將歌穗的行李從行李架上拿了下來。瞧他的動作穩當輕快，看來他個頭雖小，但畢竟是自衛官，鍛練有素。

離新大阪只剩十五分鐘左右的路程，性急的乘客已經開始在車門前排隊了。大阪府民大多是急性子，平時的歌穗也是如此。

啊，我害他一直站著，得快點把位子還他。歌穗雖然這麼想，卻又捨不得打住話題。

也許是因為那張給人好感的可愛（這麼形容男性或許失禮）笑臉之故。

然而新幹線已經開始減速，時候差不多了。

「呃，謝謝你。」

歌穗道謝，站了起來，他也點頭回應。

歌穗走向車門，但他沒有任何動作。

——管他的！

既然這樣就由我進攻！

若是就此分別，這段邂逅就只是個「溫馨的故事」。她不願這樣結束。

「先生！」

歌穗丟下行李跑回他的座位，取出向來放在套裝口袋中的名片盒。名片上有手機號碼。

「請收下！」

歌穗將名片塞給一臉驚訝的他。

「如果你方便，請和我聯絡，我想好好答謝你。」

她還特地加了個冠冕堂皇的理由。

歌穗沒機會聽到答覆。發車時間已經逼近，她只能拉著行李衝下列車。她跳下月台之後，發車鈴隨即響起。

歌穗戀戀不捨地目送狀如鴨嘴的「希望號」駛離車站。

……如果我更早一點鼓起勇氣，就可以問他的電話了。

「沒辦法，誰教我猶豫不決！」

歌穗自言自語，替自己作結。月台上只剩她一個人，她拉著行李，邁開腳步。

歌穗忐忑不安地等了兩、三天的電話，不過關西人的心情向來轉換得快。到了下車前才進攻果然沒用。出差一週後，歌穗終於死了心。

＊

接著又過了一星期。那天是星期六，歌穗決定一整天都賴在沙發上吃零食、看電視。

此時手機突然有通不知名的來電。歌穗等它響了幾聲，見電話沒掛斷，似乎不是只響一聲的騷擾電話，便接聽了。

「喂？」

會不會是哪個朋友換手機了？

「啊，妳好……請問是櫻木歌穗小姐嗎？」

這個聲音！腦內搜尋一瞬間便完成了。

「對！我就是櫻木！」

歌穗的聲音拉高了八度，她本來邋邋遢遢地躺在沙發上翹腳，這會兒卻立刻正襟危坐，並將電視調成靜音。她可不想讓對方聽見關西人之魂——吉本新喜劇的聲音。

「呃，我是……」

「我記得，你是讓位給我坐到新大阪的……」

「啊，對。妳下車前給了我一張名片，所以我打電話來向妳致意一下。」

對方似乎相當緊張，聲音硬梆梆的。

「我才覺得不好意思，硬塞名片給你。不知是否造成你的困擾……」

「啊，完全不會。我只是擔心真的打電話，妳會覺得我臉皮很厚……而且我打電話給女性的經驗不多，很緊張。」

「那你一直沒打電話來，是因為太過緊張，猶豫不決的緣故？」

「嗯，這也是個原因，不過主要是因為我之前出海，收不到訊號。」

說到這兒，對方似乎鬆了口氣笑道：

「太好了，妳還記得我。我本來還想，要是妳已經把我忘了該怎麼辦呢！是學長他們說試一試又不會少一塊肉，鼓勵我打打看。」

啊，他現在一定又露出那種可愛笑容了。歌穗想起他的笑容，忍不住逗他。

「你沒立刻打電話，害我以為我被甩了。」

「啊……？」

果然不出所料，對方結結巴巴，顯然大為動搖。

「我、我不是甩了妳！打這通電話需要很大的勇氣，請別調侃我。再說，我後來出海，無法立刻打電話……」

「你剛才說過了。」

哇！這個人真的好可愛！過去歌穗總和喜歡掌握主導權的男人交往，這份純情看在她的眼裡顯得格外新鮮。

「呃，還沒請教你的大名，可以告訴我嗎？」

歌穗提起這個刻意迴避的問題，他聽了像個女孩一樣尖聲叫道：

「啊，抱歉！我叫森下光隆，擔任海自下士！在佐世保基地工作！」

聊了片刻，歌穗才知道森下比她小兩歲，今年二十三。

「我二十五歲，森下先生排不排斥姊弟戀？」

「不會……！完全不排斥……！」

不過我現在可不會主動開口要求交往，我不想讓自己顯得很廉價。歌穗使了個心眼，在內心慫恿著因沉默而緊張的森下。

「呃，我……」

片刻的空白過後，森下終於下定決心開口：

「我要謝謝妳給我名片，妳有沒有什麼想要的東西？」

聽了這個本末倒置的問題，歌穗忍不住笑出聲來。

「森下先生，你是不是忘了事情的原委啦？我是為了答謝你讓座，才給你名片的。」

「啊，對喔！沒錯。」

「一方面也是因為和你聊得很開心，覺得就這麼分別很可惜。」

歌穗若無其事地加上這一句，對方「咦」了一聲，顯然又緊張得渾身僵硬了。
「不，呃……請別一直調侃我，我會期待的。自衛官缺乏和女性相處的經驗。」
「是嗎？對不起。」
歌穗極為乾脆地罷了手，電話彼端傳來一陣又似放心又似失望的微妙氣息。
「你有什麼想要或喜歡的東西嗎？」
「呃……反正最後一定會被那群男人瓜分……還是零食點心類比較適合吧？」
「好，那我就寄點心過去。」
不好意思，明明只是舉手之勞，還讓妳破費。森下又一再道歉，歌穗向他說道：
「你要是太客套，好不容易接上的線又會斷喔！」
「咦？」電話彼端又傳來動搖的聲音，歌穗沒再回應，掛斷了電話。

在關西，要找保存期限長又具有特色的點心其實挺難的。大多數店家都頗具規模，已經在各大都市開了分店，是最大的瓶頸。
最後歌穗前往某間中堅名店，挑了一盒西點。她不知道森下待的是多大規模的團體，不過點心有三十個，應該夠與朋友分享了。
她又順道去挑選送給森下個人的小禮物。她與森下相識時，森下穿著西裝，所以她挑了條森下應該用得上的手帕。對歌穗而言，這個禮物才是重點，因此她挑選時格外用心。她又想起森下的領帶花色實在不太好看。

一下子就送領帶，給人的壓力太大了。歌穗告訴自己，做決定時得保持冷靜。一開始就擺明要套牢對方的女人只會讓男人逃之夭夭，這是狩獵的基本。

歌穗頭一次寄東西到自衛隊基地去，不禁懷疑這麼嚴肅的地址真的寄得到嗎？不過禮物寄達之後，森下又誠惶誠恐地打了通電話來。

「謝謝妳的點心，很好吃，我的室友全都搶著吃。」

「咦？還沒稀奇到需要搶的地步吧！只是常見的瑪德蓮蛋糕而已。」

「是年輕女性送的，身價就暴漲啦！收件人明明是我，卻得費九牛二虎之力才能勉強保住一個。」

「哇！我應該多寄幾盒過去的。」

「不用啦！就算寄上五十、一百個也一樣，因為這裡淨是些愛胡鬧又精力過剩的年輕人。先別說這個了……」

森下以略帶羞怯的聲音說道：

「謝謝妳送的手帕。除了家人以外，從來沒有女生親自挑禮物送我，我很高興。」

就在這段對話的幾天後，歌穗收到了一盒低溫宅配的辣味鱈魚子。寄件人正是森下。盒中還附了張禮卡，字跡雖醜，但看得出來森下已經很努力地寫得整整齊齊了。以禮回禮，要回到什麼時候才能結束啊？歌穗內心不覺莞爾，但還是打了通電話道謝。

「很好吃，我的家人都很喜歡。」

「哦，太好了。這邊值得一提的東西也只有這個了。」

*

這份禮成了契機，之後他們便常互通電話及簡訊，開始了朋友間的交往。

歌穗常到全國各地出差，森下在陸地上時，他們偶爾也會找時間見面。

這樣的交往狀態維持了一年多。交往的感覺還不錯，不過——

「……欸，為什麼他老是點到為止，不跟我表白啊？」

聚餐時，歌穗的女性朋友總得聽她發牢騷。

「因為我大他兩歲嗎？他排斥姊弟戀？」

「妳主動向他表白不就行了？」

這話有理，「可是製造契機的是我耶！表白應該由他來吧！」不過這話也沒錯。

「會不會是有其他女人啊？」

朋友酒喝多了，說話也變得口無遮攔。

「既然他是跑船的，說不定在各個港口都有女人呢！」

「森下才不是那種人！他很純情的！」

「不不不，這可難說喔！有時候純情的反而更會玩弄女人，尤其是對我們這種大姊姊。」

「他既不要我的財又不要我的色，玩弄我有什麼好處啊！」

歌穗藉著酒意說出了赤裸裸的內情。這又是個炒熱氣氛的好話題，好死不死，聚餐的朋友之中有個ＢＬ小說的忠實讀者。

「莫非他喜歡男人！其實他單戀隊上另一個男隊員，不過那個男隊員是異性戀，他為了避免引起對方的疑心，才就近找個身邊的女性朋友當煙霧彈……」

「不要隨便把我降格成身邊的女性朋友！」

不用說，歌穗在這場聚餐之中免不了大鬧一場。

這些話本來只是酒席上的戲言，根本不必當真；不過酒精卻把那些格外惹人厭的關鍵字全留下了。

各個港口都有女人，很會玩弄女人，其實是同性戀。

要說別人也就算了，森下怎麼可能？但是森下毫無表示的期間實在太長了，教歌穗不得不懷疑。

過去有好幾次都差點接吻，歌穗也已經做好準備，但森下卻放過了那些大好機會；這究竟是因為森下純情，還是因為他的「真命天女（或天子）」另有其人？

又或是因為我大他兩歲？

歌穗占據洗面台，幾乎把臉抵在鏡子上檢視自己。她並未怠忽肌膚的保養，應該不致於輸給小自己兩歲的女人（或男人）。

此時就讀大學的弟弟正好經過洗面台外。

「姊，妳在幹嘛啊？別把臉湊那麼近，我怕鏡子破掉。」

所謂禍從口出，一場賭上（弟弟）性命的追逐戰因此展開了。在大學參加體育社團的弟弟巧妙地運用雙腳逃脫，歌穗的踢腿只能往關閉的房門上招呼。

「混蛋！」

歌穗將焦躁轉化為對弟弟的怒意，回到自己的房裡窩著。

老實說，她本來以為兩、三下就能搞定森下。森下一開始就強調自衛官沒什麼機會認識女性，而歌穗平時很注重打扮，對自己的姿色頗有自信。像森下這種缺乏女性經驗的類型，應該是手到擒來才對。

如今她碰了一鼻子灰，只覺得難堪至極。每次見面，森下都維持著朋友以上戀人未滿的良好氛圍，沒想到這種狀態居然會拖上一整年。

歌穗身為女人的自尊完全被粉碎了。

偏偏在這個時候，又發生了令她更加懷疑的事。

「我們要進阪神基地維修。」

接到森下的電話，歌穗興奮地叫道：「真的嗎！」歌穗真恨自己，一有機會見面就這麼高興。

難道只是我一廂情願嗎？她在湧上心頭的疑惑之上加了蓋子。

阪神基地所在的魚崎是六甲島附近的數個海埔新生地之一，常有船艦為了補給或維修入港，對歌穗而言算是非常廣義的本地。

「欸，你什麼時候放假？」
歌穗詢問，森下一面看手冊，一面回答自己的休假日期。當天正好是週末。
「太好了，這樣可以從早玩到晚！如果你申請外宿，我可以當導遊，帶你去京都玩！」
雖然他們還不到一同旅行的階段，不過關係已經親密到森下會申請外宿一起夜遊。
「我知道一家氣氛不錯的餐廳，要不要去？」
過去森下從沒拒絕過歌穗的邀請，約會行程也都是隨歌穗安排，自己拿不出半個主意來，給人缺乏女性經驗的感覺；這一點也是歌穗相信他的憑據之一。不過——
「啊……對不起，那一天我白天有事，晚上的話就行。」
歌穗立刻查覺了他聲音之中夾雜的心虛感。她可不是白白比他多活了兩年。
「……為什麼白天不行？難得我也放假。」
「呃，就是，有一點事要辦……」
「呃，啊，不過晚上就行！晚上，呃，我請妳在美利堅公園的大倉飯店吃晚餐！」
這種結結巴巴的藉口根本是擺明了要人懷疑他。
「你對神戶還挺了解的嘛！」
而且一下子就抬出大倉，顯然是心中有愧，才會想用高級飯店來彌補她。
「你不用勉強撥時間出來。我不知道你白天要和誰出去，不過既然出去了，就慢慢玩吧！反正我們又不是男女朋友，用不著顧慮我。」
森下仍在電話彼端支支吾吾地找藉口，但歌穗無視於他，掛斷了電話。

「……原來敵人就在身邊。」

沒想到居然是在關西，最方便和歌穗見面的地方；這一點大大傷害了歌穗的自尊心。更何況歌穗的優先順位還是在後。

不知是出於懊惱或悲傷的淚水潸潸落下，歌穗緊緊咬著嘴唇。

——我才不會就這麼算了，混蛋！

*

於是乎，到了關鍵的週末。

歌穗一大早就坐車到阪神基地附近的巴士站埋伏，司機是受她利誘而來的弟弟。

「欸，姊，幹這種事有什麼意義啊？既然被甩了就早點死心吧！」

「囉唆！有沒有被玩弄可是關乎女人尊嚴的大事耶！」

「什麼玩不玩弄的，妳和他根本什麼事都沒發生吧？」

「如果他這一年來都是在玩弄我的感情，我當然有權利報復！」

至少要賞他一巴掌！歌穗在助手座上咬牙切齒地說道。

森下從基地方向出現了，時間比歌穗料想得還早。他和一個看似同事的男人在一起，背上還背著一個大背包。

「難道他真的是同性戀？」

歌穗隔著變裝用的墨鏡瞪著兩人，弟弟在一旁冷靜地吐槽：

「如果是男同志約會，表情應該會更開心一點吧！就是比較矮的那個吧？那根本是朋友之間的距離，而且他心情好像很差，另一個人在安慰他。」

「說不定他們是要和另一對情侶一起出去玩或是聯誼，他很緊張，同事在鼓勵他！」

巴士到站，待森下上車以後，弟弟也發動了車子。他們跟在巴士後頭，每到一個站牌，便靠到路肩上確認下車的乘客。

森下二人是在阪神御影站下車，似乎打算直接轉搭電車。

「接下來沒辦法開車跟蹤啦！」

「知道了，謝謝！」

說著，歌穗便下了車，改為步行跟蹤。

歌穗將平時放下的頭髮綁了起來，服裝也和平常的感覺截然不同。

而且她還戴著防曬用的帽子及淡色墨鏡，與森下保持適當距離；就算森下真是「一港一女人」的男人，也不可能認得出她。

果不其然，森下一路上和朋友聊天，直到下了三宮站仍沒發現歌穗。他們走向通往港島的港線車站。

……如果是聯誼，地點也選得太差了吧？得轉這麼多次車。歌穗一面暗想，一面尾隨兩人身後——

為什麼星期六早上人還這麼多啊？

歌穗奮力在車廂之中前進，以免追丟森下。乘客絕大多數是男性，而且大半是那種普通人見了會退避三舍的——電視上常見的秋葉原系。更糟的是，這麼多男人聚在一起，便會形成一種無可避免的狀態。

討厭，都是汗臭味！誰來想想辦法啊！蒸騰的熱氣薰得同車的一般乘客——尤其是老人和小孩——渾身無力。

這群臭氣沖天的男人全都在同一個車站下了車——市民廣場站。個子矮的森下淹沒在乘客之中，歌穗看不見他；不過既然同一車廂的乘客下車之後不見他留在車內，那他應該也在這個站下了車。歌穗跳下車左顧右盼，好不容易在化為一大支流闊步站內的男人堆中找到了森下的身影。

歌穗一身時髦打扮，混在秋葉原系男人堆中反而突兀。反正走在後方就不會被發現，她便選擇隔著一段距離跟蹤森下了。

森下與朋友走進了神戶國際展示場。

「……驚奇世界？」

眼前大排長龍，似乎是在排隊買入場券。歌穗和森下隔了上百公尺遠排隊，周圍的人用著「為什麼這種人會來這裡啊？」的白眼直盯著她瞧。她怕被森下發現，只能盡量縮著身子埋進隊伍裡。

排了二十分鐘左右的隊，付了入場費入場之後——天啊！這裡是怎麼回事啊？

歌穗看了展覽名稱，以為是玩具展示場，誰知陳列的居然是一堆異常精巧的動漫美少女（而且多數都是有穿和沒穿差不多的裸體狀態）及機器人模型。

等等等等等，我看過，這個我在電視上看過，叫公仔還是ＰＶＣ之類的……

穿著暴露的動漫美少女模型陳列處對於一般人而言太過刺激，歌穗飛也似的逃開了。

她耗盡渾身的氣力才逃到下一個展區，那裡展覽的是她也玩過的遊戲角色。

「啊，是多〇貓！」

雖然不是高興的時候，歌穗還是忍不住會心一笑。

「哇！這是頭一次有女性顧客上門！」

一個似乎是店員的年輕男孩招呼道，歌穗無力地抬起頭來，看著他那長滿青春痘的臉。

「要不要買一個？我們也有做胸針和手機吊飾喔！妳看，這個手機吊飾的繩子很可愛吧？是我姊姊幫我做的。」

白貓手機吊飾的繩子是精巧的珠編繩。的確，唯有女人才做得出這麼精細的物品。

「一個兩千圓，如何？」

珠編製品手工愈細緻，價格愈昂貴；這條手機吊飾手工精細，這個價格倒還挺划算的。歌穗很喜歡這隻白貓，雖然穿繩用的孔打得太大，顯得有點醜，不過白貓的表情很可愛，當時歌穗又幾乎失去了判斷力，便乖乖付了錢，接過手機吊飾。

正當此時，一隻柔軟的手拍了拍她的肩膀，她回頭一看——

「啊啊啊啊啊啊啊啊！」

一個動漫美少女布偶裝正對著她微笑。

很可愛。那張動漫式的臉孔確實很可愛，但是一個不好此道的一般女性在毫無心理準備的狀態之下碰上這種玩意兒，實在太過震撼了。

「櫻木小姐!?」

歌穗循著呼喚聲回頭一看，只見整個會場的視線全都集中在她身上。這也難怪，誰教她那麼大聲尖叫？而森下也在其中。

又或許他是聽到了歌穗的尖叫聲才趕來的。

不過在這種狀況之下，她還能說什麼？

歌穗勉強撐起跌坐在地的身子，朝著會場出口狂奔而去。

衝出展示場後，正當她肩膀一上一下地喘氣時，背後有道尷尬的聲音叫喚著她。

「櫻木小姐，對不起，我一直說不出口，其實我……」

「我……」

歌穗打斷了森下的話，並未回頭看他。

「我一直覺得很奇怪，我們之間的感覺明明還不錯，為什麼你始終遲遲不跟我表白？我甚至懷疑你有其他喜歡的人，或是其實你在每個港口都有女人，所以今天也以為你是優先去找其他的女人了。我本來打算，如果你真的是去和別的女人見面，我以後就不再和你來往了，順便給你一巴掌洩憤，所以才偷偷跟蹤你。原來你並不是另有女人，只是優先選擇了自己的嗜好。」

「呃，對不起，因為進港時間難得和展覽期湊在一起，有個同事和我興趣相同，早就和我約好要一起去看了。」

「我也買了這個。」

歌穗回身向森下展示她買下的手機吊飾。

「啊，做得不錯耶！如果妳喜歡這個角色，值得一買。」

森下立刻轉為鑑定嗜好物品的語氣，接著又說：

「呃，對不起，一直瞞著妳。其實我是重度宅男，雖然很想跟妳交往，可是這種嗜好說不定會把妳嚇跑，所以我認為得先向妳坦白才行，但又一直說不出口……」

「對不起，我的確有點嚇到。你都買哪些類型的東西啊？」

「呃，我想我說了妳可能也不知道，是一種叫『ＧＫ』的模型套件，類似ＰＶＣ，有機器人和機械等各種種類……我現在住在船上，沒有多餘的空間放，所以不能買，不過看看成品過乾癮也不錯。」

事到如今，森下決定全招了。

「還有，我很喜歡看漫畫和動畫，美少女系的當然也看，不過主要是看特攝片，比如戰隊和假面騎士之類的。啊，還有，我也喜歡打電動。呃……」

趁著森下支支吾吾之際，歌穗插嘴說道：

「今天你不是去會女人，我很高興。不過我現在腦袋一片混亂，不知道該說什麼才好。

讓我冷靜一下。」
剛才目睹的情景實在太過震撼了。
「對不起，今天我先回去了，等我整理好心情之後會連絡你。還有，我要為跟蹤你的事向你道歉，對不起。」
說著，歌穗便朝著車站邁開腳步。臨走前，她放心不下，又微微轉過頭去。
只見森下宛如被遺棄的小狗一般，垂頭喪氣地站在原地。

*

「……事情就是這樣。」
商量的對象是先回家的弟弟。弟弟喜歡動漫，從以前就對這方面很有研究。
「所以重度宅男到底是什麼？」
「唔，是妳過去的人生之中最扯不上關係的人種。」
高中以後急速成長，兩、三下便追過歌穗身高的弟弟斬釘截鐵地說道。
「四大少年週刊每週全買是基本，糟糕類的雜誌也收集，如果環境允許，深夜動畫和凌晨的戰隊騎士影集也不放過；至於電玩方面，從家庭取向的遊戲到18禁H-GAME全有涉獵。我覺得『重度宅男』大概就是這種感覺。」
「不行，我完全無法想像。」

弟弟所言和森下招認的內容確實有部分雷同，但歌穗仍然做不出具體的想像。

「呃，就是電視上那種秋葉原系的感覺？」

「那是為了節目效果故意挑一些程度最誇張的，不能當作基準。」

的確，今天會場裡的也不淨是誇張型的，不過比例還挺高的就是了。

「妳講的就是之前寄鱈魚子來的那個自衛官吧？妳過去和他見面的時候，他的服裝和態度怎麼樣？會讓妳覺得可怕嗎？」

「唔，完全不會，就和一般男孩子一樣啊！並不像電視上的秋葉原系那樣綁頭巾、戴皮手套。今天他的打扮也很普通。」

「那就是在乎社會觀感的宅男了，應該不是怪異的類型。他是自衛隊的，言行受過矯正，頂多就是偶爾會顯露出狂熱傾向而已。如果妳不排斥這些，應該可以和他交往吧？」

「可是這是未知的領域耶！我罩得住嗎？」

歌穗忍不住盤臂思考，抬起臉來。

「先釐清妳的限度在哪裡好了。」

弟弟突然問了個荒唐的問題：

「姊，妳是可以容忍男人看Ａ書的類型嗎？」

「討厭，你這孩子胡說什麼啊！這是性騷擾，性騷擾！」

「每天早上起床都一面抓屁股一面晃來晃去的人，還計較這種小事？還有，妳剛才的口氣已經開始歐巴桑化了，要小心。」

好了，到底是不是？弟弟再度追問，歌穗沉吟了一會兒。

「去嫖妓我不能接受，不過看書或影片應該可以……對男人來說，這種東西和女友、老婆是兩碼子事吧？」

歌穗有些朋友主張「絕對無法忍受」、「如果他有這類東西，我就立刻和他分手！」不過歌穗在這方面還算寬容。

「那妳應該可以和他交往。他只是把A書和三級片代換成偶像或動漫角色而已。」

「慢著，偶像也就算了，難道我還輸給動漫角色？」

「漫畫也有A漫啊，妳不是可以容忍A書嗎？」

說著，弟弟從雜誌架中取出一本厚厚的雜誌。

「討厭，這是什麼？A書？」

「不是啦，就是我剛才說的糟糕類雜誌。」

雜誌封面畫著一個可愛的美少女，風格顯然有別於四大少年週刊，但又和少女漫畫截然不同。如果用比較不加修飾的說法，就是蘿莉型。

「妳能忍受喜歡這種圖的男人嗎？」

歌穗目不轉睛地盯著露出內褲的封面美少女。

「……原來我是輸給了她啊……」

對歌穗而言，這個問題比弟弟購買這種雜誌還要嚴重。

「我也該露內褲給他看嗎？」

「不是啦！喜歡現實中的女友和喜歡這種圖是完全不同的兩碼子事。」

至於兩者是怎麼個不同法，弟弟只說「要研究的話，可以寫成一篇論文」並就此打住。

「妳只要把這部分當成不可侵犯領域，應該就不會起衝突。妳也不喜歡被人看見你早上起床抓屁股的樣子吧？」

「囉唆！你幹嘛一直提這件事啊！」

弟弟又補充說道：

「再說，對宅男而言，這些圖並不只是發洩物欲的對象；簡單地說，宅男其實是很多愁善感的。當然啦，有些只是惹人厭而已。」

「你還挺了解的嘛！」

「因為我身邊從輕度到重度一應俱全啊！」

「那你算哪種程度的？」

面對這個問題，弟弟只是笑著矇混過去，接著又說道：

「不過他其實想跟妳交往，卻怕妳知道他的嗜好以後會討厭他，所以一直不敢對妳坦白，對吧？那他基本上還是以現實為中心，放心吧！」

和弟弟討論完後，歌穗試著做了各種想像。

當真是各式各樣，五花八門。

然後，她下了結論。

——好，沒問題。

就算他有買我在COUNT DOWN TV上看過的那種美少女抱枕也OK！放馬過來吧！

想起最初的心動感覺！

歌穗寄了封「有空時請打電話給我」的簡訊給森下，當晚森下便打電話來了。

「呃……」

森下急著開口，歌穗說聲「等等」制止了他，又表示「希望見面再談」。森下的船艦仍在船塢維修，下次的休假日是在平日。

「那我們約在晚上見吧！我會把工作調整一下，避免加班。還有——」

為防萬一，你先申請外宿吧！聽了歌穗這句話，森下漫不經心地答應了。由於自衛隊門禁的緣故，他們相約於晚上見面時，森下向來會事先申請外宿，因此這句話聽在他耳中並沒有特別的意義。

＊

歌穗遲到了十五分鐘，不過還是趕上了餐廳的訂位時間。那間餐廳位於歌穗公司附近，以家常西式套餐聞名。

兩人默默無語地吃著套餐，直到最後的甜點上桌時，歌穗才開口：

「欸，第一次見面的時候，你為什麼讓座給我？」

如果森下的回答是「因為妳是我喜歡的那一型」，或是「這樣說不定就有機會認識妳」之類的，歌穗就打算放棄這段感情。

森下輕描淡寫地說道：

「因為當時妳的臉色很差。妳在新橫濱的時候看起來就已經很不舒服了，雖然不知道妳要坐到哪裡，不過我敢肯定再站下去妳一定會昏倒。我幹這一行，別的沒有，體力最多，可以站著等其他位子空出來。」

歌穗宛若逃避森下的笑容一般，低下了頭。

「我太愛面子了。」

歌穗想起當時自己因為沒人讓座而滿心不快，有種輸給了森下的感覺。

森下又連忙補上一句：

「不過我還是有私心啦！平常我沒什麼機會和一般女性說話，有想過或許可以藉此和妳聊聊天，說不定還可以找機會給妳名片；只是我太沒出息，最後沒給成就是了。總之——」

森下的表情變得一本正經。

「這就是我們接受的教育，如果周圍有比自己弱小的人需要幫忙，就要出手相助；因為隊員如果沒有養成這種精神，自衛隊就形同一盤散沙。所以當時並不是我特別體貼可靠，只要是自衛官都會這麼做。如果妳是惦記著這一點恩情才和我來往，我雖然高興，但是真的不用這麼做。更何況我又是個宅男……」

對不起。歌穗內心豎起了白旗。

她本來以為森下是個年紀比自己小、有著可愛笑容的男孩，沒想到他卻是個重度宅男；但他雖是宅男，卻又很帥。

「……如果你願意，以後叫我歌穗就好了。」

森下愣了片刻之後，才戰戰兢兢地開口說道：

「真的可以嗎？我……」

「你的顧忌我已經全都想過了，是深思熟慮之後才這麼說的，可別讓我丟臉。」

森下突然伸出手來握住歌穗放在桌上的手。

「歌穗小姐。」

我喜歡妳，請跟我交往。這段表白晚了一拍，卻充滿力道。

「不用加小姐兩個字，我也會直接叫你光隆。」

那天是他們倆頭一次共度一夜。

＊

光隆常因航海而不知去向，不過歌穗也常出差，所以生活作息倒還算合得來。歌穗的性格比較積極，一聽光隆說「我現在在吳市靠港」，當週週末便立刻飛車前去會情郎。

就這樣交往了一年左右，世界情勢有了變化。如果歌穗沒和光隆交往，這個變化和她根本毫無關聯，不過是對岸的火災罷了。

中東發生了戰亂——自衛隊將為此派駐海外。

「你要去？」

自衛隊預定前往海外的消息報導出來的那一晚，歌穗戰戰兢兢地打了通電話給森下。新聞說出動的部隊是以陸海軍為中心。

「是啊！不過不是打頭陣。」

聽了森下的回答，歌穗明白他是志願前往的。

「真是的……」

歌穗的聲音在顫抖。

「那裡不是很危險嗎？你幹嘛志願去那種地方啊！」

許多政論節目的名嘴都在砲轟政府，認為政府不該派遣自衛隊到那麼危險的地方，甚至還議論有人死亡時該由誰負責；歌穗看不下去，便關掉電視。

面對泫然欲泣的歌穗，光隆為難地說道：

「在這種時候出力，是我們的工作。如果連我們都嫌危險不去，其他人該怎麼辦？其他人可沒受過應付這種狀況的訓練啊！」

歌穗忍不住哭了起來，光隆一直溫言安慰，但始終沒說他不去了。

歌穗哭著入睡，醒來之後，發現手機傳來了分成好幾封的長簡訊，應該是光隆趁著熄燈之後在床上偷偷打的。

『歌穗：

謝謝妳這麼關心我，我很明白妳的心情。

不過就算妳哭了，我還是不會取消志願。第二批出動名單裡已經列上我的名字了，再說我雖然資歷不深，畢竟是個士官，底下也有幾個部屬；如果身為長官的我說「很危險，我不想去」，這些經驗比我還淺的部屬一定會動搖的。

或許有些隊員心裡其實不想去。有些隊員有家庭，還有許多隊員有放心不下的事在身。不過沒有隊員把這些話說出口。我們的覺悟比外界的人所想的還要強上許多。

或許有人會因此陣亡。但假如全體隊員都因為不想去而罷工或辭職，又會變得如何？

歌穗，我真的很感謝妳這麼關心我。一年前的我，根本沒想到除了家人以外，還會有這麼棒的女性因為擔心我而為我掉眼淚。

不過，與其哭著求我別去，我希望妳笑著替我加油，更能給我勇氣。

能不能這麼想？為了不讓妳面臨危險，所以我們才要前往。

如果妳打算和我長久交往，我希望妳能體諒我身為自衛官的立場。身在一個應盡義務時善盡義務的組織，為此接受訓練，是我小小的榮耀。

如果妳覺得無法接受，妳有權與我分手。我過一陣子才會出動，請妳仔細考慮。

光隆』

明明生了張娃娃臉——個子又矮——還是個宅男。

為什麼還能這麼帥啊！

仔細一想，如果他是個歌穗一哭著求他「不要去」就會離開自衛隊的男人，歌穗一開始根本不會喜歡上他。

歌穗不顧一切地用手機打了回信。

『加油，加油，加油！要是你沒有平安回來，我絕對不饒你！』

事後冷靜思考，光隆半年之後才會到海外去，現在幹嘛這麼激動？兩人不禁莞爾一笑。

＊

光隆出動的日子愈來愈近，偶爾見面時，他常露出凝重的表情。歌穗開口關心，他總說：「不，沒什麼。」但顯然有煩惱。

「欸，再過一陣子，我們就有好一段時間不能見面，算我求你，有事不要瞞著我！」

歌穗找機會動之以情，光隆才終於從實招來：

「我想送妳一個東西。」

歌穗的心臟猛然一跳。

該不會是——求婚用的戒指吧？現在的確是個好時機。

過去遇到節日，由於光隆不知該送什麼禮物才好，向來都是隨歌穗要求。但這麼一來，反而擔心索取戒指顯得她這隻老牛想套牢光隆這根嫩草，因此一直避免要求戒指當禮物。

畢竟光隆還年輕，我也還不到急著結婚的年紀啊！

此時，光隆又一臉凝重地繼續說道：

「妳會不會用3C產品啊？」

「……啊？」

直到最後的最後，歌穗依然搞不懂這句話的意思。

數天後，歌穗的房間裡響起了弟弟的爆笑聲。

因為某家大型家電量販店送來了一台液晶電視及硬碟式錄放影機。送件人當然是光隆，還附上到府安裝服務。

「好厲害喔！姊，超高級禮物耶！」

「吵死了！」

「妳不是說過想要一台硬碟式錄放影機嗎？現在還附上一台電視耶！妳的男朋友好大方喔！這樣一組應該要二十萬吧？他居然免費奉送！所以啦——」

弟弟竊笑著。

「妳每個禮拜可要好好幫人家錄戰隊和假面騎士啊！」

「吵死了，滾出去！」

歌穗丟出的枕頭未能擊中弟弟，撞上了從外關上的房門，滑落地面。

拜託妳！

光隆對著歌穗雙手合十。

我沒有其他人可拜託。器材我會送妳，請妳替我錄！

光隆固然可恨，但是最可恨的是痴心妄想的自己。歌穗自暴自棄地踏進約會地點附近的大型家電量販店。

歌穗詢問光隆的預算上限之後，便積極地挑選自己懂得操作的器材。見她這種態度，光隆反而心驚膽跳。

「妳、妳沒生氣？」

「完全沒有啊！只要每個禮拜錄一次游擊隊還是騎士什麼的，就能得到一台電視和硬碟式錄放影機，說來是我賺到了呢！正好我的錄放影機也快壞了。」

是啊，光隆一開始就坦承他是個重度宅男了啊！弟弟也說過他或許會偶爾顯露出狂熱傾向，現在就是這種情形，只是不巧發生在這個時候而已。

「歌穗～～～～～～」

光隆怕歌穗不高興，扯了扯她的袖子，歌穗問他：「你不想錯過出動期間的劇情吧？」

光隆戰戰兢兢地點了點頭。

「我因為球賽延長而沒錄到連續劇最後一集的時候，也會到處打電話向朋友求救。你和我一樣啊！我的連續劇就等於你的騎士。」

不過我還是覺得很抱歉。光隆垂頭喪氣地說道，歌穗扠腰矗立在他面前。

「別看我這樣，當你對我坦承你是宅男的時候，我可是下定了決心，就算你有卡通抱枕也要和你交往。別小看我！」

是，對不起！光隆之所以敬禮，應該是因為輸給了歌穗的魄力。

「深夜動畫不用錄嗎？」

「啊，嗯，想看的我會等ＤＶＤ出再買來看，沒關係。」

「有沒有希望我替你保留的雜誌？週刊雜誌是沒辦法，不過糟糕類月刊我可以替你留個半年份，有些我弟應該有買。我弟也很宅，如果你們見面，應該聊得來。」

「啊，可是我是單行本派的，等我回來再一起看就好了。」

接著光隆又有點無辜地嘟起嘴唇。

「還有，我才沒買抱枕咧！這種虛擬愛情在我的守備範圍之外。」

我只要有歌穗就好了。

他鼓著腮幫子的樣子依舊可愛極了。

*

第二批的出航日期為平日，歌穗排開工作，請了特休假，來到光隆出航的碼頭送行。

到了離別時刻，歌穗反而說不出適合的話語來。

路上小心，早點回來，我等你。

她的腦子裡只有這些誰都會說的台詞。

此時，光隆突然緊緊地抱住歌穗——並吻了她。

以光隆害羞的性格，這是種難以置信、甚至可說是瘋狂的大膽舉動。

周圍響起了幾道調侃的口哨聲，但歌穗無視於他們，回應光隆的吻。因為之後他們說不定得到幾個月、半年或一年之後才能再度接吻。

漫長的吻別結束後（周圍好像也上演著相似的戲碼），歌穗才慌慌張張地說道：「啊，該不會被你的家人看見了吧？」光隆尷尬地別開視線。

「我已經回家道別過了，今天家人沒有來。」

因為我想和歌穗單獨惜別。都到了臨別的關頭，他又說這麼可愛的話！

出航典禮開始了，光隆一面被他的弟兄戳著，一面前去列隊。待會兒他鐵定會被大大取笑一番。

換作平時，歌穗根本不會專心聆聽典禮上的致詞，但這次她聽得相當專注。因為她要確定這些話能不能激勵這些人——激勵光隆，送他們出航。

典禮結束，自衛官敬禮過後開始退場。在前來送行的人群之中，光隆可有看見我？

歌穗的擔心是多餘的。光隆一面規律地行進，一面與歌穗交換視線，用力點頭致意。

歌穗也點了好幾次頭，手揮得快斷了——之後光隆愈行愈遠，再也看不見彼此了。

走在送行親友逐漸離去的碼頭之上，歌穗不禁潸然淚下；不過這件事她不會告訴光隆。

＊

每週日早上預錄節目的生活過了近半年。

歌穗雖然時常關注報紙及電視新聞，不過來自本人的第一手情報畢竟快多了。

『歌穗：

要和第三批交接了，現在第二批正準備撤離。

下個月我應該就能回到日本。希望能快點見到妳！

光隆』

郵件中的文字只有短短幾句，反而可看出光隆的雀躍之情。然而歌穗卻高興不起來。她坐在電腦前撲簌簌地掉淚，嗚咽不止。

「……怎麼啦？姊。」

經過走廊的弟弟問道。她沒有回頭，好不容易才擠出聲音回答：

「光隆下個月要回來了。」

她並不是一口氣說完整句話，中間還夾著嗚咽聲。

弟弟在原地站了片刻，才又說道：

「他這個人還挺有兩把刷子的嘛！」

「咦？」

「因為他遠征海外之後，妳從沒像現在這樣哭過啊！頂多只是罵幾句：『又得錄游擊隊和騎士了，真是的，都是那個宅男男友害的。』他在郵件裡提的也都是漫畫腰斬之類的蠢話題吧？所以妳一樣罵上幾句就結了。要不然遇上這種情況，哪有不牽腸掛肚的？他去的地方雖然治安已經安定下來，可是情勢仍然滿緊張的吧？」

看來我未來的姊夫挺厲害的。弟弟一面喃喃自語，一面離去。

光隆不到三天就會寄來一封郵件，信上寫的淨是趣聞或糗事。

比如他因為生了一張娃娃臉，在當地被男同志追求；或是大家一起上街挑戰當地料理，結果連拉了三天肚子之類的。

正因為信裡寫的淨是些蠢事，看到新聞報導當地情勢緊張時，歌穗反而覺得不真實。

妳有沒有替我錄騎士啊？聽說這一集很精彩耶！

我一集都沒漏掉，你認真工作啦！

一想到光隆其實全心執勤，只是為了不讓歌穗擔心才故意淨談這些事，歌穗的淚水便更是泉湧而出，無法止息了。

＊

第二批軍隊撤離之時，遇上了意料之外的阻礙。

船隊在南海碰上了行進緩慢的颱風，只能跟在颱風後頭慢慢航行。

原本預定於七月上旬回國，卻延遲了一、兩個星期，最後回國的時間與超大型強颱登陸日本的時間撞在一塊。

最糟的是，這個颱風直接侵襲關西。

縱使是行動派的歌穗也無法趕去參加第二批軍隊的歸國典禮，只能滿心悔恨地坐在電視機前觀賞於佐世保舉行的典禮。

「對不起，沒去接你。」

颱風過後的隔週末，歌穗才得以和光隆見面，當面道歉。不過之前他們已經講過不少電話了。

海自為了服務遠征部隊的親友，舉辦了一個活動，提供特製咖哩供大家品嚐，朋友及情人也可參加，因此光隆便邀請歌穗前來。

他們這時的情緒已經不像送行時那麼激動，沒有一見面就互相擁抱。

「時機太差，沒辦法啦！別說這個了，呃……」

光隆顯得坐立不安。

「啊，你拜託我錄的節目我全都有錄到，別擔心。不過太重了，我今天沒帶來。」

歌穗故意顧左右而言他，光隆賭氣說道：「算了，不說了。」歌穗為了討好他，輕輕挽住他的手臂。

「我會在博多住一晚再回去。你申請外宿了吧？」

聽了這句話，光隆滿臉通紅地低下頭來。哇！好久沒看到他這麼可愛的表情了。歌穗現在總算有了光隆已經歸來的感覺，也不管他害羞，手臂挽得更緊了。

吃完咖哩後，歌穗前去參觀船艦內部。

「欸，光隆，可以看看你的房間嗎？」

「咦？沒什麼好看的啦！」

聽了這推拖之詞，歌穗反而大感興趣，便從包包中拿出了終極武器。

「不讓我看，這個就不給你了。」

「啊！」

還沒說明就知道是什麼，不愧是宅男。

「『愛國者！』腰斬的那一期！」
「我只帶了這個來，因為勉強塞得進包包裡。」
「啊啊啊～～～～～～！這招太奸詐了啦！」
光隆抱著頭進退兩難，不過歌穗很清楚，他馬上就會屈服。
真的沒什麼好看的啦！又窄又臭。光隆努力掙扎到最後一刻，但終究不敵《JUMP》的威力，只能乖乖帶領歌穗參觀居住區。
他們爬過幾道外行人感覺起來近乎垂直的梯子，光隆怕歌穗穿裙子不方便，連扶手也沒抓便跑上梯子，從上方伸手扶她。他們的身高雖然差不多，但歌穗把手交給光隆之後，光隆卻是不費吹灰之力便將她拉上去了。
最後他們來到了一個塞了好幾列三層床鋪的房間。住在這裡的人似乎全都出去了。
「哇！真的好窄喔！」
「比起潛水艇還算好的了，至少通道很寬。」
「大家都整理得好乾淨喔！通道也亮晶晶的。」
聽說床鋪和鐵櫃是個人空間，不過每張床鋪都整理得整整齊齊的。
「因為不整理好會颳颱風。」
「颱風？」
是什麼迷信嗎？歌穗歪了歪腦袋，光隆揭曉答案。

「長官會把整個房間翻過來。」
聽了這種男人堆的習俗，歌穗忍不住笑了出來。不過被颱風颳到的人應該笑不出來吧！
「折棉被也是從剛入隊時就開始進行訓練，每個新隊員的技巧都可以媲美專業人員。我也很拿手。」
「那你的床是哪一張啊？」
「最邊邊的最下排。」
「哇！最下排看起來更窄了！欸、欸，我可以躺躺看嗎？」
歌穗一面將《JUMP》及隨身物品交給光隆，一面詢問；光隆滿腦子都是《JUMP》，想也沒想就點了點頭，隨即又回過神來叫道：
「不行！」
看他這麼緊張，顯然有鬼。歌穗鑽進他的床舖，眼睛不經意地瞥向鄰床，只見鄰床床頂貼滿了寫真偶像的海報。
頂多就是偶爾會顯露出狂熱傾向而已。如果妳不排斥這些，應該可以和他交往吧？
弟弟的建議又重新浮現於腦海之中。
「沒關係啦！我弟也很宅，現在的我才不會被你狂熱的一面嚇跑呢！」
我可是錄了大半年的游擊隊和騎士影集，豈會為了區區的動漫美少女三折海報而動搖？

歌穗極有自信，也想炫示這份自信。
「不行啦！」
歌穗已經爬進床舖了，光隆仍不死心，抱著歌穗不讓她得逞。
「喂，就算現在四下無人，也不該做這種事吧？」
歌穗故意說些曖昧的話牽制光隆，但光隆顧不得那麼多，情急之下脫口說道：
「反正妳不要看床頂！」
他的聲音愈急切，歌穗就愈想看。一定有什麼好玩的東西！
歌穗在被光隆從上方壓住的狀態之下勉強扭轉身子，往上一看——

正好與自己的笑容面對面。

唉！光隆終於放棄壓制歌穗了。
見狀，歌穗趁機鑽進床裡，仰天躺下。
「……我？」
枕頭上方的床頂貼滿了相片。
全都是過去旅行或約會時拍的照片，貼得整整齊齊。
「你從出國時一直貼到現在啊？」
「從拍下第一張照片的時候就開始貼了。」

光隆滿臉不悅地說道。

「床頂是特別的地方，大家都會貼家人、女友或是喜歡的照片。」

光隆的床頂不見他的嗜好，全是歌穗——只有一張不是，應該是家人的照片吧！

「……欸！」

歌穗淚水盈眶，連忙將手臂放到眼睛上。

「或許你聽了會嚇到，之前我弟說你是他『未來的姊夫』。」

光隆「咦」了一聲，接著滿臉通紅略帶困惑地喃喃說：「我可以說我覺得很光榮嗎？」

接著光隆在床邊坐下，牽起歌穗的左手，小心翼翼地將無名指挑出來。

「妳從來沒說過妳想要，所以我也不好意思開口；下次我可以送個戒指給這根手指嗎？有含意的那一種。」

「戒指要由我來挑。」

歌穗主張，又指著床頂上幾張自己的照片說道：

「還有，這幾張照片撕下來。我只許你貼照得好看的。」

「全部都很好看啊！」

「不行！這張、這張和這張不合格！下次我寄更漂亮的給你，你要記得換下來！」

光隆似乎察覺歌穗只是害羞而已，牽著她的左手，點了點頭。

Fin.

公關向前衝！

A Spokesman Runs!

＊

防衛省海上幕僚監部監理部公關室。

這是海自上尉政屋征夫的名片上所印的所屬部門。

一年前，他隸屬那霸的第五航空聯隊，擔任Ｐ－３Ｃ機組人員，從事警戒監視活動；但後來卻突然被挖角到公關室去。

挖角的是政屋剛入隊時的長官稻崎上校。

「花花公子最適合當公關了！」

這是稻崎的一貫論調，不過要是讓人知道政屋是基於這種論調而被挖角到幕僚監部，於名聲上可就大大有害了。

政屋承認他確實是和女性談笑自若的那一型（有許多自衛官就算是在安排好的相親場合上，也會因為過度緊張而說不出話來），但因此被貼上花花公子的標籤，可就教他敬謝不敏了。

「喂，花花公子！」

如今稻崎上校用這四字稱呼他已經是家常便飯，客人初次來訪時，甚至會如

「這位是我們幕僚監部首屈一指的花花公子。」以博君一笑。

「拜託您饒了我吧，稻崎上校！用這種方法介紹一個認真執勤的部下太過分了！我對女性向來是很真誠的！」

稻崎並不把政屋的抗議當一回事。

「那你手機裡的又是怎麼回事啊？」

「呃！」

這一下可踩到政屋的痛腳了。政屋能與女性談笑自若，安排聯誼的工作自然全著落到他身上來；而聯誼的次數一多，不知何故，手機裡的女性電話號碼也愈來愈多了。

「這……這不是我主動要來的！」

大多是氣氛熱絡之時，女生主動開口要求：「欸、欸，我們來交換手機號碼嘛！」政屋卻之不恭，便交換了。

「真正的花花公子是不主動開口的，都是對方自動交出電話號碼。靠著說話技巧來誘使對方順著自己的心意行動，才是如假包換的花花公子。」

「什麼誘使，真難聽……我才沒做這種事呢！」

「那就是天性使然囉？這是最厲害的一種。」

其實稻崎本身也不遑多讓，他在宴會中魅力四射，常被軍官夫人包圍。有些夫人特地尋找稻崎，就只是為了跟他打聲招呼。

這樣的人還有一個漂亮的太太，實在太沒天理了。政屋如此暗想，放棄抗議，回到自己的座位上。

近幾年來，政屋的女性朋友愈來愈多，但稱得上女朋友的卻是一個也沒有。

防衛省陸海空自都有幕僚監部公關室，風格各有不同。

公關室的風格大多取決於公關室長的性格。有的室長為防洩漏機密，不喜歡向民間提供情報或協助；有的室長則認為這是讓社會大眾了解自衛隊的好機會，對於任何事都採取積極協助的態度。

稻崎是典型的後者，尤其對於各種娛樂作品的協助更是不分大小，不遺餘力，連小說和漫畫取材也照單全收（照單全收以後，便苦了得設法調整行程的部下），縱使面對以秋葉原系為目標的「萌」企畫亦是毫不畏懼，甚至還向客人強調：「我們對這方面的事務也願意提供協助。」亟欲展現自衛隊的「開放」風格。

目前他就接下了某出版社為了紀念活動而拍攝的兩齣連續劇，兩齣都是沒有自衛隊協助就拍不成的科幻劇。其中一齣是名作重拍，廣受矚目；另一齣則是知名軍事作家為了這齣戲而特別寫下的新作，亦是倍受關注。

也難怪稻崎會滿心歡喜地答應協助。而現任防衛大臣對於宣傳自衛隊採取積極的態度，也是原因之一。不光是最新穎的神盾艦，連親潮級潛艇都派上場了，可說是慷慨至極。

唯一不安之處，就是從過去經驗可知，電視台工作人員的時間觀念向來散漫；他們與以嚴守時間為信條的自衛隊能否互相配合，是個堪慮的問題。尤其這回是兩齣戲同時進行拍攝，時間問題更顯重要。

「拍電影的還比較守時一點。」

企畫敲定之後，稻崎嘀咕道。

他們從前也常協助拍攝電影（以近年爆紅的某烏龜為原型拍攝的怪獸電影等等），劇組人員至少能夠定時開拍，事後才會因為拍出來的畫面不滿意、天候變化或參與該場景的人員意見不合等原因而延誤時間。

電視台或許是由於業界性質不同之故，連採訪也會遲到；對他們而言，晚到十幾、二十分鐘似乎不算遲到，和視提早五分鐘行動為天命的自衛官當真是水火不容。

事前沒談到，臨時卻要加東加西的情形也常發生。

盡量配合對方的要求——這是稻崎親自對海自公關下達的「口諭」。陸自與空自的狀況似乎也是大同小異，只能比比看誰最有耐性了。

海幕公關室人員與劇組人員的初次照面，是在海幕公關室。

＊

會客桌兩側，穿著清一色黑色制服的是海自人員，而穿得五花十色、極具電視人風格的則是劇組人員。

政屋是裡頭官階最低的一個，所以拿了張折凳坐在末座。

會客室的沙發不夠，雙方人馬各有幾個人坐折凳。坐折凳的都和我一樣是負責雜務的吧？政屋生了股莫名的親近感，偷偷打量著對方的折凳組，發現坐在自己對面的是個將長髮束於腦後的褲裝女性。她的年紀和政屋差不多，最重要的一點——以媒體工作者而言，她只能算是中等美女，不過對政屋來說卻是恰到好處。

坐在上座的稻崎和製作人及導演在說話。根據起先的名片交換大會所示，製作人叫宮本，導演叫安藤。雙方人馬合起來共有十五、六人，名片你來我往，光是記住姓氏便教政屋分身乏術了。

話說回來，稻崎炒熱氣氛的功力居然絲毫不遜於兩個電視人，果然不是尋常角色。

「那我們現在開始介紹人員吧！」

聽了稻崎的提議，政屋立刻縮起脖子。平時政屋總得在這種時候當笑柄。

啊，今天能不能放過我啊？

然而政屋的祈禱終究是徒勞無功，稻崎介紹到他時，又說他是「海幕首屈一指的花花公子，政屋征夫上尉」，教他不由得垂頭喪氣。

對面的中等美女——助理導演鹿野汐里也吃吃笑著（政屋趁著上司聊天時偷偷確認名片，記住了她的名字和職稱）。

劇組也開始介紹人員，政屋關注的鹿野汐里小姐主要是負責調整劇組和自衛隊之間的行程以及聯絡工作。

這麼說來，和她最常接觸的海幕人員就是政屋了。這種工作偶爾也有好處嘛！政屋坐在末座暗自竊笑。

最後劇組人員將攝影日程表發給眾人——此時政屋尚未察覺這張紙將讓整個海自面臨痛苦的地獄。

＊

某小隊預定自十點起充當兩小時的臨時演員，在橫須賀基地的護衛艦上協助劇組拍戲。

「這到底是怎麼回事啊？政屋上尉！」

擔任小隊長的年輕中尉追問，政屋只能雙手合十道歉。

對不起，前一場戲延遲了！

從那聲音可以想像出對方在手機彼端鞠躬哈腰的模樣。通話對象當然是助理導演鹿野汐里。

我們現在立刻趕過去！

從她口中的所在地點再怎麼趕，也要近一個小時才能抵達基地；而她是在九點四十五分打電話來通知會遲到的。

現在時鐘所示的時間已經過了十一點。這麼點不長不短的時間又不能拿來操課，隊員們只好各自找打掃甲板之類的雜務來做。

「他們說拍到十二點為止，所以我們下午還是照常排班耶！劇組未免太散漫了吧！」如果乾脆延到十二點開拍，至少還可以安排其他勤務；但劇組又希望等他們一趕到就立刻開拍，於是等候時間一再延後，每延一次，手機彼端的汐里便多消沉一分。

「別的不說，哪有人那麼晚才通知會遲到的啊！到了這個時間還到不了的話，應該更早通知才對吧！」

中尉說得極有道理，但親耳聽到汐里益發消沉的聲音之後，政屋也只能幫忙緩頰。

「抱歉，真的很對不起。」

此時士官長出面打圓場。他的階級雖然不如責難政屋的中尉，但他熟知整個船艦，又對隊員瞭若指掌，防大出身的菜鳥軍官根本無法與他抗衡。

「媒體工作者本來就不守時嘛！責怪政屋上尉也沒用啊！」

士官長輕輕拍了拍中尉的背部。

「再說稻崎上校也親自交代過，要我們盡量配合拍片。」

政屋忍不住對士官長投以感激的視線，接著又轉而開導中尉：

「這兩齣連續劇中的自衛隊形象都是正面的，協助他們拍戲，有助社會大眾了解自衛隊，這個道理你應該也懂吧？片頭也會打上感謝防衛省協助啊！」

是啊，而且劇情又很淺顯易懂！中尉的口氣顯得更加不快了。他這種一板一眼的性格是他的優點，但有時也是缺點。

「讓國民對自衛隊產生親切感，是了解自衛隊最快的捷徑。」
「我們難得有這種機會自我宣傳啊！」
在士官長與政屋兩人合力緩頰之下，總算平息了中尉的不滿。然而劇組人員抵達之時，已經過了十一點半。
助理導演汐里踩著低跟鞋跑上了集合地點——甲板。基地參觀許可證在她的胸口上劇烈地舞動著。
「對不起，我們來晚了！」
汐里深深地垂下了頭，交疊的手都快碰到地板上了。
隊員等得又累又氣，不抱怨一句怎麼甘心？中尉正要上前一吐怨氣之時——
政屋反射性地插了進來，用肩胛骨制止中尉。
幹嘛阻止我啊！中尉不滿地問道，政屋用一句「好了啦！」堵住他的嘴。到底「好」什麼，他自己也不明白。
政屋滿腦子只想著別引起糾紛。
「日程表上是寫著十點開始吧？」
他盡可能平心靜氣地詢問，免得像是在責怪汐里。
「如果妳能早一點聯絡我們，我們也可以趁空安排勤務，不用浪費時間。」
「對不起。」

汐里又低頭道歉。

「因為拍上一場戲的時候，演員沒有來，我忙著處理那邊的問題，就……」

汐里的工作是調整劇組與自衛隊之間的行程，以及聯絡工作；不過拍片現場發生問題，她身為劇組的一員，自然無法置身事外。身為免費臨演且早已在現場待命的自衛隊當然是被忘得一乾二淨了。

「以後如果有延誤，希望妳能提早聯絡我們。畢竟我們可是把這麼大的一條船停下來協助拍戲。」

政屋刻意強調船艦的規模，汐里更加抱歉地縮起了肩膀。政屋雖然同情她，但這時候也只能請她當劇組的祭品了。

正當此時——

「哇————！好棒喔！好大！」

一道相當女性化的聲音響徹了甲板，那是極受年輕男性歡迎的偶像，臉蛋看起來比電視上小了許多，也漂亮許多。政屋記得她的藝名叫奈奈美。

隊員一陣騷動，似乎有不少人是她的粉絲。被政屋用肩膀卡著才沒對汐里破口大罵的中尉也因為這個驚喜而放鬆了力道，看來他也是粉絲之一。

政屋趁機小聲詢問汐里：

「請問一下，之前演員名單上有她嗎？」

「呃，她是臨時安插進來的，這齣戲變成了雙女主角……原先的女主角就是為了這件事而不高興。」
原來如此，看來他們來到這裡之前曾發生過一陣風波。不過現在政屋很感謝這陣風波。
「所以，呃……」
汐里顯得難以啟齒，結結巴巴，此時有道遲到兩小時也不以為意的厚顏聲音響起。
「哇！上來一看，還真是壯觀啊！」
原來是打扮依舊隨興的安藤導演。製作人似乎不到拍片現場來。
「那先安裝器材吧！」
因意外驚喜而好轉的氣氛轉眼間又變得惡劣起來。現在距離十二點的午餐時間只剩不到十分鐘。
「不，請等一下。」
這下子政屋可不能不抗議了。
「我記得你們說過，最少也得拍上兩個小時吧？總不能要我們的隊員挨餓拍片吧！再說，說不定又會像上午一樣延誤到時間。」
政屋不著痕跡地指責對方遲到許久之事。要是不當心一點，或許隊員就沒午飯可吃了。
聞言，導演「喂！」了一聲。他不是對著政屋，而是對汐里露出不耐的表情。
「我不是要妳拜託人家配合我們，等我們一到就立刻開拍嗎？妳連句話也不會傳啊？」
看來他是打算讓汐里當箭靶，霸王硬上弓。這種伎倆令政屋忿忿不平。
政屋搶在汐里開口道歉之前說道：

「她說過了，我剛才正在和她商量呢！」

政屋不能明說隊員會有怨言。他不能拿隊員當盾牌，破壞整個自衛隊的形象。

他的工作明明只是迎接劇組人員，陪同拍片，等拍完以後送他們離去而已，為什麼會演變成這種狀況？要不要請長官過來？請稻崎過來，或是擔任副室長且為尉官直屬長官的弓田少校？可是——

——連這種事我都搞不定，像什麼話！

如果是稻崎或弓田，會怎麼做？

「請給我們隊員三十分鐘吃飯，你們可以趁這段時間安裝器材，我也想趁機向各位演員說明艦內的注意事項。我們艦內有許多地方對外人而言太過複雜危險，要是不小心傷到演員的玉體，那可就不好了。」

他早在事前聽聞這回的卡司陣容非常豪華，如果拿演員的安全當理由，導演應該不敢拒絕。

導演見事情不遂己意，雖然答應了，嘴上卻不忘抱怨幾句：

「我們可是趁著塞車的時候在車裡吃完便當才來的，你們也太不懂得臨機應變了吧！再說，不是說好隊員要幫我們安裝器材的嗎？」

血氣方剛的中尉又想上前與導演理論，這回是士官長制止了他。

「我們會請有空的小隊協助安裝器材。」

說著，士官長不著痕跡地將中尉一起拉回艦內。他應該是去調整次序，讓有空的小隊先來幫忙，擔任臨演的小隊先去吃飯。政屋暗自對著那結實的背影道謝。參與拍片的小隊一定要派一個通情達理的士官長陪同協助，是弓田少校的建議；現在政屋不得不佩服他的先見之明。

接下來就得靠政屋自己設法打圓場了。見導演一臉不快地看著隊員進入艦內，政屋抓了抓腦袋笑道：

「對不起，假如我們也有便當這種方便的東西就好了，但是自衛隊是由伙食班負責煮飯，如果沒有事前指示，在時間上就沒得通融。要是隊員因為肚子餓而猛ＮＧ，反而對大家過意不去。」

就算要拿戰鬥軍糧果腹，一個以四十人為單位的小隊用餐還是需要三十分鐘左右的時間。

沒等多久，就有十名隊員趕到甲板上來了。

「我們接到命令，來幫忙進行攝影準備工作！」

政屋對舉手敬禮的隊員們回以敬禮，轉向導演問道：

「有哪些事需要幫忙？」

「先安排幾個房間給演員換衣服吧！」

搞什麼，原來演員根本還沒換裝嘛！政屋在心中大力吐槽。這麼一提，剛才走上甲板的偶像明星穿的顯然是不合場面的便服。

這樣還要教隊員挨餓拍戲，鐵定會引發暴動。

「要換衣服，辦公廳舍的房間應該比艦內的更適合。艦內就安排四個補妝用的房間，男女各兩個，如何？」

「那就麻煩你們了。」

導演的氣總算消了。

「辦公廳舍要安排幾個房間才夠？對了，鏡子只有廁所裡才有，辦公廳舍和艦內都一樣。」

「有沒有準備鏡子啊？鹿野。」

鹿野答了聲是，打直腰桿。

「小道具應該有帶足需要的數量！請安排兩間單人房和一個可以容納五、六個人一起更衣的大房間給女演員，三間單人房和一個可以容納十個人一起更衣的大房間給男演員！」

「了解……」

政屋說了句「失陪一下」，走到一旁拿出手機來，打給橫須賀基地公關室。他轉達劇組的要求，並順便拜託隊員在各個房間備妥毛巾及面紙等物品，以供演員化妝時使用。

「劇組可以隨時向隊員下指令。趁著這段時間，由不才我本人政屋上尉帶領各位演員參觀拍片區域。艦內有許多外行人看了莫名其妙的高低差、凹洞和隆起，希望各位能趁現在牢牢記住，努力規避危險。」

聽了政屋幽默的一番話，演員們都發出了開朗的笑聲。

進行這些準備工作，隊員吃飯所需的三十分鐘轉眼間就過了。居然連這麼一點時間都不肯留給無償協助的隊員——導演下意識的傲慢令政屋十分氣憤，但他職責所在，不能讓氣憤之情流露於臉上。

開拍之後，汐里趁空來找政屋。

「呃，對不起。」

汐里滿懷歉意地垂著頭，完全不見初次見面時的笑容。

「沒關係，這也是我的工作。」

「都是因為我聯絡不週才弄出這麼多問題來，卻要勞煩你替我善後。」

「這下子妳應該知道我不只是性好漁色而已吧？」

政屋故意說笑逗汐里開心，汐里總算微微一笑。

在那種導演底下工作，想必很辛苦吧！政屋自然而然地對她產生了同情之心。

＊

之後，劇組提供的日程表更是化為了惡魔預言書。

自衛隊是以日程表為根據，將拍片部隊的行程空下來，以備劇組來訪。

但是劇組從來不照日程表拍片。有時到了前一天才突然通知要取消，然後隔天早上又說照原定計畫進行。

什麼提前五分鐘行動，根本是笑話。

隊內怨聲載道，拍片不順利，劇組當然也感到不滿，夾在中間左右為難的就是政屋與汐里。

政屋至少還有官階當後盾，只要扮小丑緩和一下氣氛，便能平息隊內的各種不滿；而電視台少了擁有原作版權的出版社及自衛隊的協助根本拍不成戲，所以傲慢的導演在政屋面前也得客氣三分。

不過導演面對汐里時可就毫不客氣了。政屋常看見導演在背地或人前用著形同刁難的話語斥責她。

她在這種時候總是深深彎著腰，一再低頭道歉，宛若不願讓人瞧見她的眼淚一般。

「要不要來一罐？」

當天開拍之後，政屋遞了罐咖啡給汐里。休息時間汐里得應付演員和劇組人員吩咐的工作，反而沒時間休息；只有開始拍戲且情況順利的時候，她才有時間喘一口氣。

「謝謝。」

汐里接過咖啡，在她低下臉前，政屋看見她的鼻子是紅的。她才剛被導演冷嘲熱諷了一頓。

剛見面的時候，政屋只覺得幸運；她是政屋最愛的中等美人，負責的又是和政屋最常接觸的工作。但是現在看見她這種可憐的模樣，政屋再也無法慶幸了。

意中人因為不合理的理由而被罵得狗血淋頭，自己卻只能袖手旁觀，對於愛說話又外向的政屋而言，是件很痛苦的事。即使她受責罵的理由看在外人眼裡再怎麼不當，政屋礙於職務之別，也不能插口置喙。

「對不起，我們人太多，所以在小處上比較沒得通融。」

「不，這不是你們的錯。」

汐里用力搖了搖頭。

「那是當然的，是我們一直提出無理的要求……我覺得很過意不去。」

汐里輕輕拉開拉環，說了聲：「我開動了。」

「不過如果淨是不愉快的事，妳也不會做這份工作吧？能不能告訴我在電視台工作有什麼樂趣？我是公關人員，可以當作參考。」

「咦？可是我還是新手，沒做過什麼像樣的工作……平時都是負責打雜，這次是我頭一次擔任對外聯絡人，不過僅限於自衛隊就是了。我的工作真的沒什麼樂趣可言，不過有時演員或採訪對象稱讚我一些小地方，我就會很開心。」

「什麼小地方？」

「啊，比方女星○○小姐之前拍巧克力廣告，其實她不喜歡吃西式點心，因為容易長痘子；所以休息時間我都是準備日式點心和仙貝給她吃。還有擔心糖尿病的演員，我會特別訂購低卡路里便當給他吃。」

的確是小地方。政屋一面暗想，一面點頭附和，表示讚嘆之情。只能在這些小地方上作主的她這回突然成了自衛隊聯絡人，可說是連跳三級了。

「妳一開始就想從事連續劇相關工作嗎？」

「呃，其實我是想從事紀錄片相關工作……就像『野生王國』那一種，我一直希望它能夠重新開始製播。」

汐里所說的，是政屋國中時停播的紀錄片節目。該節目以貼近野生動物為唯一賣點，在民營電視台中，這種不靠腥羶色的硬派節目相當少見。這麼一提，政屋才想起該節目好像是這個電視台製作的。

原來如此。政屋大大地點了個頭。汐里歪了歪腦袋，問道：「什麼？」

「鹿野小姐看起來很年輕，原來和我同年代啊！一樣記得那個節目……我今年二十八歲。」

「唉呀，別推算我的年齡！」

汐里終於露出了初次見面時的笑容，輕輕地拍了拍政屋的肩膀。

待汐里的心情好轉之後，政屋才進入正題。

「對了，我想跟妳討論一下拍戲日程表的問題。」

政屋好不容易引出的笑容又於瞬間消失無蹤，汐里再度露出抱歉的表情，垂下頭來。

「對不起，都沒有照日程表來。」

「不，我不是在責怪妳，我們積極一點，向前看吧！那張日程表現在沒有任何助益，完全沒發揮日程表的功能，反而造成了雙方陣營的壓力。所以我有個提議……」

政屋一本正經地對著抬起臉來的汐里說道：

「我們私下把那張日程表毀棄，好不好？」

汐里一時之間似乎不懂這句話的意思，只是歪著頭眨著眼睛。

「換句話說，我在公關室就當作沒有那張日程表。反正日程完全不合，毀棄的理由很充分。相對地，請妳掌握好你們的行程，隨時聯絡我；我一定會妥善安排，讓當天劇組抵達時能夠立刻開拍。如何？」

這是政屋顧慮到隊上的不滿而想出來的辦法。劇組人員的耐性比自衛隊差，不滿之情爆發得也比自衛隊快，每回拍片現場都是瀕臨崩潰。

用這個方法，鐵定比遵從毫無作用的日程表好。這是政屋和長官商量過後得出的結論。

「如果妳打聽日程的時候在導演那一關遇上困難，我們長官會出面擺平，如何？」

「可是，如果要改變做法，不向導演報告……」

汐里遲疑不決，政屋耐心地說服她。

「那個人的作風是不是像國王一樣？」

汐里忍不住點頭，又驚覺不妥，縮起了肩膀；政屋伸出手指噓了一聲，示意她別出聲。

「如果我們正式提議改變做法，想當然耳，國王一定會不高興；到時一有問題，他就會開始追究責任。」

屆時上砧板的必定又是汐里，政屋不忍心看見這種情況發生——姑且當作這是出於他個人的同情和同病相憐的感懷吧！

「只要現場的人圓滑一點，就能解決這些問題。」

腦袋僵硬的防大出身軍官和底下的士官之間，有士官長幫忙緩頰。

「我們就用這個辦法，盡量避免衝突。現在妳親眼所見而掌握的行程應該比那張日程表要來得可靠許多。劇組排班表應該得看演員的空檔，導演也會向全體人員說明預定進度吧？自衛隊協助拍攝哪些場面都是事先決定好的，應該可以做出某種程度的預測。」

「……也許我會在半夜或凌晨打電話或發簡訊給你，沒關係嗎？」

汐里戰戰兢兢地問道，看來似乎有意答應這個提議。

「沒關係。」

到這裡為止，政屋尚能維持一本正經的表情，不過接下來可就不行了。

「老實說，隊內的抗議聲浪也很大，這樣我輕鬆多啦！」

他笑著抓了抓腦袋。

「那我答應這個提議。」

汐里總算露出了笑容。

——我無法坐視妳受到不合理的斥責。

如果這句話說得出口，或許和意中人之間便能有所進展吧——正當他心中閃過這個念頭之際，汐里又小聲地說道：

「……老是讓你替我費心，對不起。」

看來汐里明白這是政屋同情她屢屢挨罵而出的點子。知道自己的些微好意已經成功傳達給汐里，政屋不由得高興起來。

「……我希望妳說的是謝謝。」

政屋一難為情，便又開始說笑；汐里聽了也笑了起來，並實現政屋的心願。

「謝謝。」

她改口道謝。

＊

改變做法之後，拍戲狀況變得順利多了。當然，只是比以往順利一些，要讓國王滿意還差得遠；不過至少平息了許多隊內的不滿。

隊員有了餘裕，在現場氣氛變差的時候便能淡然置之，有助於放鬆劇組人員及演員的心情。被動員的士官早就習慣長官怒吼，相較之下，國王的不悅和冷嘲熱諷又算得了什麼呢？（國王也還保有基本的分寸，不會拿協助拍片的隊員出氣）。

不愧是長官，經驗和我完全不同。政屋不禁感謝起替他出計的稻崎和弓田。即使他現在常在半夜或凌晨因睡衣口袋裡的手機震動而驚醒，他的感謝之情依然未減。

然而，在接近殺青之際，看似順利的現場卻又發生了大問題。

一開始便看過劇本的公關室人員在拍片時就已經察覺了。

知名作家撰寫的原作之中，有個場景是三架P－3C、護衛艦與親潮級潛艇為了追蹤國籍不明的潛艇而從那霸基地出動；據說作家撰寫這一段的靈感，是來自於近年發生的真實事件。

潛水艇近乎最高機密，自然不能將發令所的構造公諸於世，因此海自公開了吳市基地的潛艇模擬器，並在稻崎等幹部的指示之下變更重要部位，加上一些假儀表，再由電視台的技術小組於橫須賀基地內依樣製作。

不過護衛艦是由橫須賀提供，Ｐ－３Ｃ則是由厚木提供，兩者都是如假包換的真貨。舞台雖然是沖繩外海，不過背景可以用ＣＧ矇混過去。

這場戲先從方便重拍的潛艇部分開始拍攝。

攝影機開始運作，飾演主要角色之一——年輕軍官的演員在操縱台前抖著肩膀說道：

「我好害怕……不知道能不能活著回來。」

當時稻崎與弓田也在拍片現場，聽了這句台詞，政屋不禁與兩位長官面面相覷。

稻崎與弓田互相使了個眼色之後，稻崎便去找國王說話。

「台詞和原先的劇本好像不太一樣耶！」

正在看小螢幕的國王有點不耐煩地轉向稻崎，不過稻崎畢竟不是可以盛氣凌人姿態說話的對象（政屋倒還可以）。

「腳本家做了一點修飾，他認為這樣比較能夠展現出隊員賭命出任務時的真實感……」

「作家同意了嗎？」

那位知名的軍事小說作家與防衛省幹部素來交好，和稻崎自然也相當熟識。他對待政屋這些年輕軍官時也相當親和爽朗，不過在作品方面可是出了名的牛脾氣，絕不妥協；撰寫這部作品時，也經過多次縝密的取材。

「大師知道我們會對原作進行部分修飾。我們的腳本家也是老手，旁人很難插嘴出意見的。」

「那至少先問過作家一聲吧？」

見稻崎堅持己見，國王不再掩飾自己的焦躁。

「我沒那個美國時間。接檔日已經決定了，後製也需要時間啊！有時間去討好大師，不如快點趕戲。」

討好你們的腳本大師倒是不遺餘力啊！政屋在一旁蹙眉。

稻崎再也無法容忍了。

「那麼請你記得我們防衛省曾對這個場景的變動表示過反對意見。可以吧？」

雖然稻崎平時總是笑咪咪地開玩笑，但他畢竟是身經百戰的上校，關鍵時刻的魄力非比尋常。國王似乎也怕了，如賭氣的小孩一般凸出下巴，點了點頭。

之後連續幾天都出動了P－3C及護衛艦，但同行的稻崎及弓田不再對變動的內容發表任何意見。

見公關人員完全不置一詞，汐里趁空來打探政屋的反應，但這種時候政屋也不能多說什麼。總不能告訴她：你們現在拍的全都是白費工夫。

「對不起，我們導演又說了一些失禮的話……」

汐里似乎以為公關室不再過問的原因是導演與稻崎的衝突，其實並非如此。把實情告訴地位低微的汐里，也只是讓她多傷心而已。

果不其然，限時炸彈在試映會上爆發了。

「我要撤下原作。」

作家不等片尾放完，便搶先開火。試映會上一陣騷動，不感驚訝的只有防衛省公關室的人員及出版社。

「不，可是，大師……！」

「我們明明說好了，原作的修飾只限於拍攝手法之上，如要更動故事，必須事先與我商量。我同意的腳本和這捲帶子在重頭戲部分完全不同，詮釋出的意義根本是相反的。我無法接受這種竄改。」

出版社人員似乎已經很習慣這種場面，若無其事地開始收拾物品；想必一回出版社，就會立刻進行法律諮商。

「違約金的事下次再談，反正我以原作的身分禁止這捲帶子播映。」

國王哭喪著臉，轉頭望著稻崎；然而——

那麼請你記得我們防衛省曾對這個場景的變動表示過反對意見。

國王似乎想起了變動場景那天稻崎毅然決然的態度，沒臉開口向他求救。

這下子防衛省人馬也無事可做了。稻崎與弓田開始收拾物品，政屋等年輕人也如法炮製。

離開電視台之前，政屋的腳步自然而然地停住了。其他同伴問起，他情急之下撒了個謊，說要去廁所。

「對不起，你們先走，我借個廁所，隨後跟上。」

若是拍戲計畫就此告吹，或許政屋再也沒機會和汐里見面了。他們是一起對抗『國王』數個月的戰友，這種別離太教人惆悵了。

一回到試映室附近，政屋便聽見熟悉的國王怒吼聲。

「妳給我想辦法！自衛隊的事本來就是妳負責的！」

聽了這句話，政屋便知道國王的怒罵對象是汐里。政屋躲在一旁偷偷窺視，只能看見擋在通道上的國王背部與在他面前垂著頭的汐里。

「妳以為我是為了什麼才把聯絡自衛隊的工作交給妳這種菜鳥！就是為了哄政屋那種好色又得意忘形的傢伙，讓我好辦事！妳在助理導演之中還算長得能看的，我才提拔妳來討好那群男人！我不管妳要用眼淚攻勢還是色誘，反正給我想辦法說服他們讓我重拍！」

……啊，我很久沒這麼難過了。

政屋不是為了國王的惡言而難過。

他是為了汐里曾被國王如此命令而難過。

不過鹿野小姐，汐里小姐，我並不是因為好色又得意忘形，才為了妳扮小丑。我是為了工作。為了讓拍片過程順利，我不惜扮小丑跳舞。

我可以相信妳並未吹奏笛子催我跳舞嗎？又或者吹奏笛子就是妳的工作？

垂著頭的汐里突然抬起臉來，與政屋四目相交。汐里又深深地低下了頭，國王似乎沒發現她這個動作不是向著自己。

政屋不明白她這一低頭是什麼意思，只能悄悄抽身，返回來時路。

*

回到公關室，已經大幅超過了下班時間，留下來的只剩弓田。

「你太晚回來啦！其他年輕人已經跑去喝酒解悶了。他們也有打電話邀你，不過你的手機沒開。」

「啊，試映前我關掉了電源，忘了重開。」

「他們說要在老地方喝酒，要你有興趣就過去。」

「弓田少校，您不去嗎？」

「有長官在場，還解得了悶嗎？再說我得加班。」

你不去啊？弓田一面寫文件一面問道。政屋不由自主拉過附近的椅子，坐到弓田跟前。

「……我真的是個好色又得意忘形的傢伙嗎？」

「幹嘛突然這麼問？」

「稻崎上校不是常說花花公子最適合當公關嗎？所以才挖我過來公關室。他在客人面前也都這麼說。」

「你不喜歡他這麼說啊？」

「被稱為花花公子還會高興的人應該不多吧！」

政屋滿臉不快地喃喃說道，弓田停止書寫文件，抬起頭來。

「那可是稻崎上校至高無上的讚美啊！你知道你們不在場的時候，他是怎麼跟客人說的嗎？」

政屋當然不知道。

「能夠靠對話逗女性開心的人，代表他的溝通能力很高明。公關的任務是讓外界的人了解自衛隊，溝通能力是不可或缺的；而這種能力在各種場面都派得上用場，可以掌握部下，也可以建立同事和其他部門之間的交流網絡，重要性可見一斑。這番話用稻崎上校的說法來說，就是『花花公子最適合當公關』。他這個人個性很彆扭，不會老實稱讚你們『前途無量』。」

他對你期望很高的。弓田下了結論之後，再度將臉轉向文件。弓田和稻崎的類型雖然不同，但一樣很受女性採訪者歡迎。

「他應該說清楚一點啊……」

「要是說白了，你們就得意忘形啦！」

說著，弓田揮手驅趕政屋，示意他快回去。或許也是為了方便他去和弟兄一起喝酒吧！

政屋默默地敬禮，將椅子放回原位，離開了辦公室。

走出辦公廳舍外，政屋突然想起該打開手機電源，便從制服口袋中取出手機，開啟電源。如弓田所言，有弟兄們的來電紀錄和一封簡訊，除此之外——

還有兩通汐里的來電紀錄，兩通都沒留言。

此時，第三通電話打來了，是汐里。

「喂，我是政屋。」

「呃，我是鹿野。呃……」

「國王罵完啦？」

汐里的聲音停住了。

「妳已經決定好要用眼淚攻勢還是色誘了嗎？」

這番話要說是諷刺，顯得太無力；要說是挑釁，又顯得不夠毒辣。連政屋都覺得自己的聲音未免太沒氣勢，國王的怒吼聲還要來得氣勢十足許多——雖然說的淨是些荒唐的話語。

「請你別相信他說的話。」

汐里拚命忍住眼淚。她大概是擔心如果哭出來，政屋會認為她選用了眼淚攻勢。

「我是正正當當地和你工作，我也不認為自己是靠性別或容貌而得到這份工作的。」

「我知道。」

想利用妳的女性優勢的應該不是妳，而是國王。說來遺憾，以我對妳的了解程度，只能用上「應該」兩字。

國王提出不合理的要求時，總是故意罵妳，逼我出頭。見妳成了砲灰，我不能不出頭。不過，如果不是妳，我會一樣挺身而出嗎？老實說，我不明白。若問我是否真的全無私心，我不敢點頭。

或許我真如國王所言，是個好色又得意忘形的傢伙，隨著國王的笛子——或是國王命令妳吹奏的笛子起舞。

即使稻崎上校對我的期望再高，弓田少校再怎麼鼓勵我，我還是沒有自信成為一個引領女性的高手。

「妳那時候為什麼要對我低頭道歉？」

政屋指的是國王罵人時，汐里與他四目相交的那時候。

「因為導演一定不會道歉的……可是我只能默默聽他說那些話，所以……」

雖然我不能代表他，但我還是想替他向你道歉。汐里的聲音愈來愈微弱。

「國王也知道我無法說服你們重拍，就算真的重拍了，沒有出版社和作家的同意也不能播放。他只是和平常一樣，找人出氣而已。我是最好出氣的人……而且今天政屋先生不在，沒人出面制止他，他就愈說愈過火，連政屋先生都一起罵上了。」

對不起。汐里的聲音終於摻雜了淚水，但政屋知道這是懊惱的眼淚。

「你平常幫了我那麼多忙，我卻只能默默聽他罵你。」

不是眼淚攻勢，也不是色誘。汐里只是為了道歉，而打了三通尷尬的電話。

「……我問妳。」

甩去憤慨之後，骨氣逐漸從肚子裡湧上來。

「如果……只是如果，如果現在的問題因為妳的力量而解決，妳的立場會改變嗎？能夠成為一支擊敗國王的再見全壘打嗎？」

國王，國王。

總是隨意拿她出氣，還狗眼看人低。

只要能打得你唉唉叫，教我舔土地都行。

「我想……那應該能夠成為一支很厲害的再見全壘打。不過，他說不定會把功勞往自己身上攬。」

「我絕不會讓他這麼做。」

國王。

我還有好幾張你絕對無法用的王牌呢！

＊

稻崎與作家及出版社雙方交情都很好，是具體的王牌；但這並不是政屋的王牌。

「拜託您！」

政屋鞠躬行禮，稻崎一面苦笑，一面揮了揮手。

「頭可別垂得比向天皇陛下不戴帽敬禮時更低啊！條件是向電視台高層人員表示這個會談能夠實現全得歸功於鹿野小姐，是吧？」

「這話可不假喔！我是拗不過鹿野小姐的熱誠，才幫她向稻崎上校求情的。」

「那當然。」

稻崎也賊賊一笑。

「對女性溫文有禮，是公關的基本價值。如果是那個導演來，就算他哭著求我，我也只會說句『我忠告過你了』，把他踢出去。」

數天過後，出版社與作家聯絡了電視台。

他們表示要進行會談，說明重頭戲的涵義。如果電視台願意重拍重頭戲，他們可以同意播放。

當然，電視台——或該說連續劇部門立刻答應了。因為這場風波甚至危及了另一齣連續劇的播放許可。

地點選在立場中立的防衛省，由海幕公關室提供。

電視台派出的與會人員有製作人、導演、腳本家、藝術總監等製片負責人，還有連續劇部門的幾位高層人員，以及促成會談的汐里。

出版社的與會人員則有作家本人、責任編輯、總編及總經理。

防衛省派出了稻崎、弓田，還有帶給作家靈感的那個事件的幾位當事人。這幾位當事人之中，也包含了轉調公關室之前在那霸基地擔任P－3C機組人員的政屋。

電視台人員說明他們更改追蹤不明國籍潛艇的橋段，是因為在編寫腳本的時候認為沒有隊員感到恐懼，缺乏真實感之故。作家聽了，平靜地開口說道：

「各位認為這個橋段缺乏真實感，請問各位對於這個事件，可有進行過比我更為詳盡的採訪？」

「沒有，不過按照常理推斷，面臨戰鬥時完全不覺得害怕，未免太不自然了。」

「恕我失禮，各位所謂的真實感，不過是憑空想像罷了；但我可是請教過所有該事件的相關隊員。現在就請這些隊員看看你們拍出的重頭戲吧！」

『我好害怕……不知道能不能活著回來。』

扮演軍官的演員在親潮艦操縱台前抖著肩膀說道。

還有隊員在搭乘P－3C之前目不轉睛地凝視著家人的照片，活像再也回不來了。見了這誇張的演出，有名隊員忍俊不禁，笑了出來。

「太扯了！……抱歉，個人認為這個橋段非常不合理！」

「哇！有夠丟臉，別鬧了啦！」

眾隊員哄堂大笑，說不出話來；見狀，電視台人員還來不及生氣，只是愣在原地，啞口無言。

稻崎將捧腹大笑、說不出話的隊員趕出充當試映室的會議室外。

留下的當事人只剩政屋一個。

「政屋，你出動的時候是怎麼想的？坦白向大家說明。」

聽了稻崎的命令，政屋點了點頭。

「我只想著：『別想跑！』」

「可是……應該多少會害怕吧？比如被飛彈打中該怎麼辦……」

導演以求助的語氣問道，應該是為了替腳本家留些顏面。

「不，完全不會，我反而覺得：『平時就是為了這種時候而接受訓練，現在豈能眼睜睜地看它逃走！』我想，參與追蹤的隊員應該全都是這麼想，恐懼的念頭連閃都沒閃過腦海之中。」

政屋斷然否定。

「我並非愛面子，也不是受到了壓力才這麼說的。對我們而言，有人侵犯領海和領空是家常便飯，一碰到這種事就害怕的話，根本當不成自衛官。」

「喔喔，政屋難得看起來這麼威風！」

稻崎在一旁插科打諢，政屋苦笑：「請別取笑我。」又說道：

「再說，如果負責保護民眾安全的人一碰上狀況就如此驚慌失措，各位應該也很困擾吧？」

電視台陣營不情不願地點了點頭，衷心贊同的只有汐里一個。

「面對這種狀況，最直接的反應反而是憤怒。潛水艇在潛航狀態之下侵入領海，可是比各位想像的還要嚴重許多的事，甚至有可能引發戰爭。對方再三做出這種行為，擺明了是沒把我們放在眼裡，生氣都來不及了，哪有心情害怕？只覺得『他媽的，你瞧不起我啊？』『沒把它趕出領海之前，絕對不能追丟！』若是追丟了，會危及國民的安全。這種時候，腦袋根本沒空去害怕。」

去想多餘的念頭，反而是讓自己置身於危險之中。

「我想各位去問空自遇上外人侵犯領空時有什麼感想，應該也會得到相同的答案：『滿腦子只想著要把不明飛機趕出領空外，其他什麼也沒想。』無論是海自或空自都一樣，這種時候，腦筋只會用在與司令部聯手應敵之上，沒有去想其他事的餘地。大師原作中的不明潛水艇企圖發射核彈，在這麼緊急的狀況之下，更是無暇去想其他事，只會拚命扣押或擊沉敵艦。大師的原作裡，不就描寫了男兒們為了阻止敵艦發射核彈而奮勇作戰的樣子嗎？相互映襯之下，改編的部分顯得非常突兀。」

政屋又露出苦笑說道：

「老實說，如果在大師所寫的狀況之下有隊員說『我好害怕』，就算飛機已經離地，我也會把那個人踢下機去。因為跟這種人同機，只會被扯後腿，到時連我自己都有危險。與其讓大家因你犯險，不如你現在先去死吧！」

弓田使了個眼色，示意政屋住口，接著開口說道：

「如果只抽出這個部分來看，改編後的腳本確實表現出戰場抒情的一面。不過大師是以現代的自衛隊為舞台，而我們之所以協助拍戲，便是認為這是個宣傳自衛隊、加深民眾對自衛隊了解的好機會。如果這齣戲描寫的自衛隊是遇到狀況時裹足不前的負面形象，我們可就不能出動昂貴的兵器來協助拍戲了。」

此時，稻崎又轉對作家說話。他故意不向著電視台人員說話，乃是說話技巧的一種。

「如果要重拍，我們自衛隊願意協助。幸好改編的場景只和海自有關，海幕可以作主……您覺得如何？大師。」

「我是無所謂……出版社認為呢？法務應該已經開始和電視台交涉了吧？」

作家又把球傳了出去。

「……拜託各位協助我們重拍。」

電視台的最高負責人最後低頭懇求，其餘人員也跟著低下頭來，鼻尖都快碰到桌面了。

電視台人員離開會議室後，政屋開始收拾，發現有人忘了帶走手機。手機是掉在電視台陣營這一側。

看來是放在上衣口袋，起身時滑落到椅子上。政屋對那誇張的色調有印象，國王曾炫耀過他的手機機殼上過特製烤漆。

本來政屋想裝作沒發現，就讓它擱在那裡；但轉念一想，這麼做未免太幼稚了。電視台人員剛離開，現在應該還追得上。

他拿起手機追上去，看見一行人正在等電梯。

「唉呀，害我捏了一把冷汗……幸好順利解決啦！」

國王一如平時輕浮地笑著。他又說他和稻崎上校在拍片時互動良好，所以才能請上校代為緩頰，活像一切都是他的功勞。

「現在不能再出任何差錯了。妳可別像平常一樣又給我捅樓子啊！鹿野。」

汐里不平地低下了頭，國王又氣勢凌人地喝問：「不會回答嗎？」

政屋按捺不住，正要出面，電視台負責人冷冷地說道：

「你有資格對鹿野頤指氣使嗎？」

輕浮的笑臉僵住了。

「今天的會談能夠實現，全得歸功於擔任自衛隊聯絡人的鹿野熱心促成。稻崎上校跟我說過了，鹿野在拍片時也出了不少力。」

國王墜地了。不過或許只有這一瞬間而已。

「如果沒有鹿野的努力，電視台的損失可就大了。你知道為了邀請那位作家執筆，我們費了多少心血嗎？連宣傳都已經定調了。就算腳本家不是自衛隊專家，拍片時聽了稻崎上校的建議以後，就該先問過作家一聲啊！結果連我們都得被叫到這裡來丟臉。」

國王的臉色變得一片鐵青，忙不迭地低頭道歉，不過他的情況和汐里不一樣，非常合情合理。

政屋裝出跑步而來的樣子，走進電梯間。

「太好了，各位還在。」

說著，他將手機遞給國王。

「你忘了帶走，幸好還來得及。」

極富攻擊性色彩的花俏手機此時顯得格外滑稽。

不好意思。國王一面喃喃說道，一面接過手機。

政屋對著其他人行了個自衛隊禮。

「啊，鹿野小姐。」

臨走之前，他又回頭對汐里笑道：

「雖然只剩最後的重拍部分，不過聯絡方面還是請妳多多幫忙囉！」

「不，彼此彼此。」

汐里慌忙低頭致意。

政屋這回才真的離去。

*

開始重拍之後，汐里不再成天挨導演罵了。導演的國王姿態已經徹底收斂。

護衛艦離開橫須賀碼頭，消失於岸邊之際，P－3C三機編隊與兩架拍片用的一般直升機通過了橫須賀上空。

機上沒有廁所等女用設備，所以汐里沒跟著去。公關室則由稻崎隨機、弓田隨艦同行，政屋一樣沒跟去。

「謝謝你。」

汐里向政屋低頭道謝，政屋連忙揮了揮手。

「不，我什麼也沒做。如果沒有稻崎少校出面，這件事根本談不成。」

「不過，拜託稻崎先生重拍的是你吧？」

「這是我的工作嘛！」

不知是不是政屋多心，當他說這是工作的時候，汐里的表情似乎顯得有點失望。

「再說我們都被國王找過不少麻煩，我也想報一箭之仇啊！」

……唉，為什麼？

我無法坐視妳受到不合理的斥責。

廢話要說多少就有多少，為什麼這句話偏偏說不出來？

「原來政屋先生在領海被侵犯的時候也有出動啊！你可以多談一些那時候的事嗎？」

「哦，那我們去咖啡廳坐著聊吧？」

「在這裡就好了，這裡的風很舒服。」

說著，汐里率先在草坪上坐下。政屋不好意思坐得太近，隔了一段距離之後，才在她身邊坐下。

「大家都知道更動那個橋段是個致命性的錯誤嗎？」

「嗯……大師和防衛省各幕僚部很熟，和稻崎上校的交情更是深厚，就連我們這些低階軍官看了也知道：『啊，要是擅自更動這個地方，大師一定會生氣。』所以當時稻崎上校才那麼堅持。」

「你們遇上這種任務的時候，真的都不害怕啊？」
「完全不會。」
無論再問幾次，政屋都能自信滿滿地點頭。
「因為這種任務正是我們『正式演出』的時候。我們每天從早訓練到晚，就是為了這個不知何時到來的『正式演出』；一旦『正式演出』的時候到來，就腎上腺素全開啦！我們不是從頭到尾都用同一架飛機追蹤，因為燃料不夠用，必須在中途與僚機換手。空中換手的時候最容易追丟，大家都不願意在自己接手的時候追丟，所以每個人都卯足了全力。」
「幸好你平安回來了。」
汐里笑著說道。政屋慌忙別開視線，因為他心裡想著：啊，假如平時也有人帶著笑容慶幸我平安歸來就好了。
「回來以後你做了什麼事？」
汐里問道，隨即又像辯解似的補充說明：
「我只是好奇，因為剛才沒談到任務結束後的事。」
「騎著自行車去基地附近的超商。當時大概是因為太累了，很想吃甜食……泡芙、蛋糕或鮮奶油點心等比較貴的那一種。基地裡也有超商，不過當時這些東西碰巧賣光了，只剩一些便宜的夾心麵包。」
「……怎麼突然就回到日常生活了？」
汐里格格笑了起來。啊，她還是笑起來比較好看，比紅著鼻頭低下頭時好看多了。

「也就這樣了。聽說有個已婚的隊員踩著自行車回家，太太只跟他說：『今天的晚餐有味噌鯖魚喔！』前一刻才上演媲美電影的大追蹤，但一回到地上又一切如常，彷彿什麼事都沒發生過。我買了鮮奶油泡芙和閃電泡芙，付了三百多圓，還說不用收據。」

「不過，多虧了你們，才能『一切如常，彷彿什麼事都沒發生過』。」

不知何故，這句話就像啟動了開關一樣，讓政屋的胸口熱了起來。

……還是結婚的人好，可以對老婆說「今天有夠累的」。

如果我在結束這種任務之後，也能打電話給她說：「今天有夠累的。」該有多好？

「你本來在那霸基地工作，為什麼現在會在海幕的公關室？」

唉，不行，沒救了。政屋沮喪地垂下了頭。就算他掩飾，問了稻崎一樣會曝光；再說一開始的介紹就已經露餡了。

「是稻崎上校挖我過來的……他說花花公子最適合當公關。」

汐里似乎也想起了頭一次見面時的事。不知是否出於緩頰之意，她問道：

「是真的嗎？」

「呃，根據弓田少校所言，這是稻崎上校式的說法，意思是能和女性自然交談的人溝通能力較強，適合擔任公關。」

他覺得自己的話說得顛三倒四。

「你喜歡和女性說話？」

「當然啊！天下間沒一個正常男人不想和女人打好關係的。再說平時認識異性的機會已經夠少了，有機會說話，當然希望能夠開開心心地聊天啊！」

政屋有點惱羞成怒，連珠炮似的說道：

「這時候對方提議交換手機號碼，拒絕不是顯得很不識相嗎？所以每次參加聯誼，手機號碼和電郵信箱都會增加。」

「所以才說你是花花公子？」

「我也不願意被這麼稱呼啊！」

政屋的聲音忍不住變大了：

「只有女性朋友增加，又交不到女朋友。而且妳知道女人一旦把男人排除於戀愛對象之外，態度就變得有多隨便嗎？單方面地寫信跟我說她的愛情故事，再不然就是吐苦水或炫耀。說什麼『因為我和你很談得來』，根本就只是利用我嘛！」

「啊，不過我能了解她們的心情，因為你感覺上就是個『肯聽我說話』的人。」

「我也希望別人聽我說話啊！」

如果，如果——

「如果妳肯和我交往，我願意把聯誼時拿到的女性電話號碼全部刪掉。」

反正今天是最後一天見面了。政屋豁出去了，在草坪上躺了下來。

「真的嗎？」

沒想到有道認真的聲音落下，政屋不由得心跳加速；只見汐里一本正經地俯視著政屋。

「……真的。所以呢？」

「我很會吃醋，如果男友去參加聯誼，就算只是作陪客，我也會不高興。而且我也不是很能容忍男友交女性朋友的那一型。」

哇！我超想要這種立場！政屋在心中吶喊，發出的聲音卻很嘶啞。

「……我一直很希望在完成一個艱鉅得難以置信的任務之後，買鮮奶油泡芙和閃電泡芙回隊舍吃時，能有個人讓我打電話告訴她：『今天有夠累的。』不用我拚命逗她笑，只要安安靜靜地說話，只要待在身旁，就能感到安詳的人……」

政屋茫然地說著，這才發現事情的變化，連忙跳了起來。

「啊，呃，那我刪囉？」

他拿出手機問道。電話簿有分類，一瞬間便能刪除。

然而汐里卻笑著搖了搖頭。唉，果然只是在開玩笑。政屋垂下頭來，汐里又笑道：

「不是啦！她們都知道你的手機號碼，除非你換掉號碼，不然這麼做並沒有意義。我也不希望自己的心胸這麼狹窄，所以會努力試著忍受。不過相對地——」

你得把我的手機號碼登錄在最特別的地方。

政屋再度緩緩地倒向草坪。怎麼了？汐里窺探著他，但他已經無法正視她的臉，只得將手臂放在眼睛上方，答了一句：「我的心融化了。」

Fin.

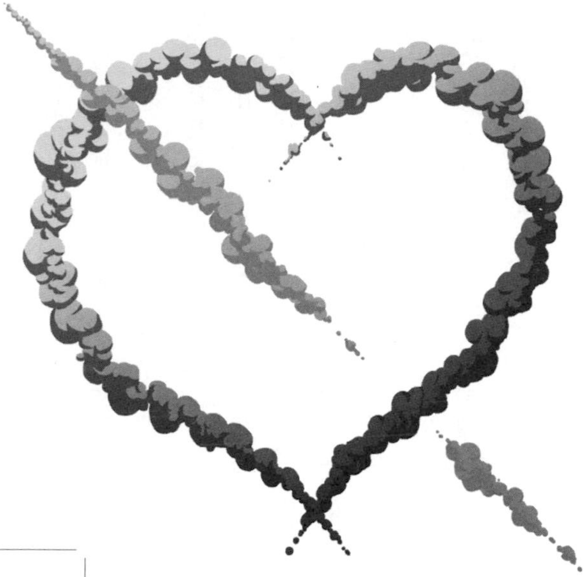

藍色衝擊

Blue Impulse

我丈夫太有女人緣了，很傷腦筋。

這句話聽來或許像是老王賣瓜，自賣自誇；不過套用在相田公惠身上，卻是不折不扣的事實，無可奈何。

＊

公惠的丈夫相田紘司，乃是航空自衛隊的矚目焦點——松島基地所屬第四航空團第十一飛行隊，俗稱「藍色衝擊」的駕駛員。

航空自衛隊舉辦的基地祭慶典稱航空祭，前來參觀的航空迷之中不乏年輕女孩，每見到戰機及駕駛員便開始高聲尖叫。

其中尤以藍色衝擊最受歡迎，火紅程度居於各隊之冠。自衛隊雖大，光是下機步行便會被粉絲圍繞要求簽名的自衛官，也只有藍色衝擊的眾隊員了。

自衛隊商品中，最暢銷的便是藍色衝擊全體成員的簽名月曆，所以每當自衛隊動員藍色衝擊進行促銷時，往往可看見他們穿著熟悉的藍色制服，就地開起小型簽名會的盛況。

紘司是目前正駕駛中最年輕的一個，以新秀之姿極速竄紅。他雖是四號機位置，花式飛行技術還不穩定，不過由於個子高，又是藍色衝擊的一員，帥氣度一口氣就提升了五成。

或許是當妻子的情人眼裡出西施——紘司的長相原本就不差，灌了五成水之後，看在包圍他的女性眼裡，這個年屆三十的男人大概就和J字頭經紀公司的旗下偶像差不多吧！

……他今天還是一樣受歡迎啊！

公惠從充當相關人士優待席的頂樓之上，俯瞰著正在開簽名會的紘司。和人山人海的停機坪及大排長龍的簡易廁所相較之下，相關人士及家屬專用的設施顯得空蕩許多。

大老遠跑到松島來，想必下頭那些圍繞紘司的女性都是很狂熱的追星族。藍色衝擊飛遍全國各地表演，家屬方便參觀的也只有在根據地舉行的松島航空祭而已。

別老是跟那些女孩嘻皮笑臉的，快點上來不就得了？真是的。

說歸說，提升自衛隊好感度也是藍色衝擊的重要任務，豈能撇下粉絲不管？只不過公惠的心境可就五味雜陳了。

此時，圍繞著紘司的女性之中，有個長髮微卷的美女抬頭看了頂樓一眼。她和無所事事地眺望地面的公惠四目相交，一雙杏眼帶著笑意。公惠知道那種笑法的含意。

那是勝利的笑容。

什麼意思啊？感覺真差。為什麼她要這樣對我笑？

正當公惠皺起眉頭之際——

「媽媽，我要尿尿！」

三歲的兒子優太扯了扯她的襯衫衣襬。

「好，好。會自己說，很乖。我們現在就去尿尿。」

她牽著優太的手，走向屋裡。

「爸爸呢？」

「爸爸還在工作。」

公惠一面回答，一面回頭望向她方才倚著的頂樓柵欄。被一個毫不相識的人——而且還是個美女——投以勝利的微笑，便如小小的棘刺一般，在公惠的胸口留下了不快。

公惠輕輕地嘆了口氣，拉著優太的手走向廁所。

幫優太上完廁所後，母子倆一起洗手。公惠擦拭優太的手時，眼睛不經意地望向洗手台的鏡子，只見裡頭映著一個沒化妝的黃臉婆。

我什麼時候變得這麼老氣了？明明只有二十七歲，看起來卻像三十幾。而且公惠的五官並不是「成熟型」，她在婚前常因娃娃臉而被人低估年齡。

公惠忍不住湊向鏡子。她原以為是自衛隊特有的老舊設備及昏暗照明造成了這種效果，但是仔細一瞧，皮膚確實比自己所想的還要粗糙許多。

一面照顧精力旺盛的小孩，一面打理家務，已經讓她分身乏術。近來她連坐下來攬鏡自照的時間也騰不出來，不知不覺間，肌膚狀態已經開始走下坡了。

這麼一提，最近好像一直偷懶沒保養——是從什麼時候開始偷懶的？她根本不敢回想。

公惠雖然不明就裡，本能卻領悟了那個美女對她投以勝利微笑的意義。

*

上完廁所回來一看，終於結束粉絲服務的藍色衝擊已經回到了休息室。

「優太────────！」

「爸爸────────！」

紘司攤開雙臂，蹲了下來，優太則全力衝進他的懷中。紘司緊緊抱住優太，抖著肩膀，膝蓋跪地。

「真是的，爸爸，別在這種地方搞這個啦！」

公惠一面勸阻紘司，一面對著周圍大笑的觀眾點頭示意。

自從租了卡通名作系列「萬里尋母」觀賞之後，紘司和優太就很喜歡用這種誇張的重逢擁抱來搞笑。

「馬可，真虧你能從熱內亞大老遠跑來這裡！這裡是哪裡？」

「阿根廷！」

周圍哄堂大笑。

「你還真會教啊，相田！」

說話的是一號機飛行隊長，中津中校。

「因為這孩子超愛那齣卡通，一看再看啊！」

說著，紘司用臉摩擦著優太的臉頰。

「不過我記得那齣戲母子重逢的時候，媽媽生病了，應該無法緊緊相擁吧？」

提出質疑的是階級相同，但資歷比紘司深的三號機高島上尉。

「我們是父子，所以做了一點改編！」

如果在家裡，紘司就會抱著優太轉圈圈，優太常因腳撞到家具或柱子而嚎啕大哭。

「不過長大以後看那齣卡通，覺得很受不了。我好想叫馬可他媽站在原地別亂動！如果我能鑽進電視裡去，一定會把他媽五花大綁，關在布宜諾斯艾利斯。為什麼沒人阻止他媽四處遊蕩啊！」

「那叫遊蕩啊？」

「本來就是遊蕩，遊蕩得可凶了咧！明明要去布宜諾斯艾利斯，卻一直往內地跑！她到底要去哪裡啊？想跨越國境啊！」

「好好的名作被相田一說，都不值錢啦！」

眾人又是一陣哄堂大笑。

如此這般，紘司在團隊之中也是活寶定位。

「你可千萬別在粉絲面前露出你這種本性，女性粉絲會跑掉大半。」

「內在是這副德性，卻是最受女孩子歡迎的一個，真是沒天理。」

公惠也有同感。她真想對那些女孩說：要是妳們看了他平時的樣子還能尖叫，我就甘拜下風！

「我們該去開檢討會了。」

聽了中津中校的聲音，眾人的表情又緊繃起來，紘司也一樣。一擺出正經表情，看起來果然帥氣多了；只不過前提是不能開口說話。

檢討會在另一棟的飛行室裡舉行，隊員各自和家人及相關人士打過招呼之後，便離開了休息室。

「爸爸。」

優太想留住紘司，公惠制止他：「爸爸還有工作。」並抓起他的手揮了揮。

「晚飯前我會回去的。」

紘司也摸了摸優太的頭，離開了房間。

一到外頭，想必又會被粉絲包圍吧！他也挺辛苦的。

『今天的飛行表演已經全部結束，請各位來賓離場時多加小心。』

外頭播放著這段廣播。

所謂的飛行表演，便是各種飛機及直升機實際飛行，以供觀眾觀賞的表演。在絕大多數的航空祭中，藍色衝擊都是擔綱飛行表演的壓軸。

為了方便收拾清理，自衛隊總是希望藍色衝擊表演結束後，來賓能儘早離場。這個廣播等於是委婉地催促來賓「趕快回去」，不過這套對航空迷可不管用。

從其他基地調來支援的飛機在航空祭結束之後便會歸建，粉絲們知道這件事，根本不肯離開跑道旁。

有時候留下來還能聽見有趣的廣播。

『入間基地前來支援的C—1機組人員，請立即回到機上。再重複一次，入間基地前來支援的C—1機組人員，請立即回到機上。』

跑道旁的粉絲、乖乖離場的粉絲和休息室裡的公惠等人都哄堂大笑起來。看來是有個C—1機組人員一直沒回來，飛行隊長或管制員已經等得暴跳如雷了。那個機組人員回去以後鐵定免不了一頓罵。不過這種意外對粉絲而言也是一種餘興節目。

「優太，要不要看飛機？」

「好！」

優太點了點頭，拔腿就要往門口衝。公惠制止道：「不行！」並抱住了他。

「頂樓已經變得冷冷囉！在這邊的窗戶看。」

好！怕冷的優太相當聽話。九月下旬的松島一到傍晚，風就變得涼颼颼的。

公惠讓優太跪在窗邊的椅子上觀賞窗外，自己則先偷偷瞄了地上一眼。

如追星族般圍繞紘司的眾多女性之中，抬頭仰望頂樓，對公惠露出勝利笑容的美女。公惠胸口上的刺還沒掉落。

公惠偷偷俯視地上，不由得毛骨悚然。那個對公惠輕蔑一笑的美女居然還在下頭，宛若在監視這座建築物一樣；而且她仰望上方的視角不斷地變化——她在找我。公惠的直覺這麼告訴自己。

公惠不敢走出牆後。

「媽媽，大家在拜拜。」

在優太的呼喚之下，公惠只得從牆後眺望著同樣的光景。

跑道旁的觀眾一齊朝著地面滑行中的入間C—1揮手，大概是機內的隊員正在向他們道別吧！觀眾開心，隊員也高興，所以戰機及直升機上的隊員總是盡己所能地取悅觀眾。

抵達離地地點的C—1引擎從怠速狀態轉為油門全開，發出轟隆巨響，急速上升。連在建築物中都能聽見它的咆哮聲。

經過從那鈍重外觀難以想像的短距離滑行之後，機身浮上空中；再怎麼重，畢竟是擁有軍用規格的機種。C—1一面升空，一面上下揮動機翼。這個動作對於機動性高的戰機而言是輕而易舉，沒想到連C—1也能做到，而且還是在上升中的超低空狀態之下。

「大飛機在拜拜耶！」

「是啊，好厲害。」

看來保養得很好。公惠過去的一股熱血似乎又沸騰了。

『從百里前來支援的F—15及F—4今天不會歸建。會場出入口及大眾交通機構相當擁擠，請各位來賓儘早離場。』

這句話意譯過後，就是「再繼續等也不會有飛機歸建，請快點回家」。自衛隊見來賓遲遲不走，開始感到不耐煩時，便會出現這種廣播。聚集在跑道的觀眾心不甘、情不願地慢慢散開。

相關人士及家屬也開始回去了。

「公惠，要不要一起回去？」

詢問的是三號機高島上尉的妻子潤子。他們兩對夫婦年齡相近，又都有小孩，兩家之間的交情很好。

公惠窺探下方，那個美女已經不見了。她該不會還留在某處吧？這裡離官舍雖近，還是和潤子一起回去比較安全。

「公惠，今天的晚餐妳要怎麼辦？」

「我出門前有先炸了些豬排，優太和他爸爸都很愛吃。」

「真羨慕妳，這樣輕鬆多了。我家的爸爸和孩子喜歡吃的東西完全不同，有夠麻煩。」

高島上尉愛吃魚類，但小孩不愛吃魚。

「我們家的爸爸愛吃的東西和小孩子一樣，所以只要配合優太就能搞定。」

今天乾脆叫外送算了。潤子懶洋洋地喃喃說道，手上牽著的高島家長男沒放過這句話，立刻大叫：「披薩！」

「不行啦！晚餐吃披薩，爸爸會不高興。」

潤子一面安撫孩子，一面對公惠笑道：

「我們家的爸爸總說那種像零食的東西哪能當飯吃？」

換作紘司反而會高興，只不過可能會為了選口味而和優太吵架就是了。

公惠及潤子都理所當然地稱呼丈夫為爸爸，公惠一面陪潤子煩惱晚餐菜色，一面思索自己是從幾年前開始用爸爸兩字稱呼紘司的。

＊

你回來啦！紘司。

公惠雖然想試著叫名字，但最後對回到家來的紘司所說的仍是：「你回來啦！爸爸。」

「我回來了。今天晚餐吃什麼？」

「炸豬排。」

「太好啦！媽媽的炸豬排比店裡賣的還好吃！」

說著，紘司抱起從客廳跑來的優太，又將裝著藍色衝擊制服的包包遞給公惠。

「這個就麻煩妳替我洗了。」

「下次要去哪裡？」

「三澤，應該當天就能回來。」

又要被女孩子包圍啦，真辛苦啊！公惠費了九牛二五之力才把這句帶刺的話語吞回去。

「今天你表現得還不錯嘛！」

「啊，真的？看起來果然不錯嗎？不愧是媽媽，其實隊長在檢討會上也有稱讚我！」

他們說的是今天的花式飛行表演。公惠在事前便已聽過隊形說明，她的眼睛看慣了飛機，自然知道紘司飛哪個位置。

藍色衝擊的任期是三年，成員由戰機駕駛員中選出。紘司與公惠是在小松基地相識的，當時他擔任F－15駕駛員，和公惠結婚後的第二年，正好優太滿一歲時，才接到轉調藍色衝擊的人事命令。

頭一年是受訓期，到了今年第二年才正式上場，至今約過了半年左右。

正式上場不久之後，紘司就受到女性粉絲的熱烈擁護。他剛上場就犯了個無法掩飾的錯誤，反而讓粉絲覺得他「可愛」，因此大為走紅。

事情是發生在俗稱「塗鴉」——用煙霧在空中繪圖的節目中途。當時表演的是最受粉絲歡迎的「垂直丘比特」，先由兩架飛機合力繪製愛心，另一架飛機則化為箭矢，射穿愛心；然而紘司居然把箭射到了八竿子打不著的方向去，完全沒有轉圜或掩飾的餘地。

紘司事後在檢討會上自然是被叮得滿頭包，不過這記豪邁的籃外空心卻給地上帶來了歡笑，並刺激了女性粉絲的母性本能。這就是他年屆三十還被當成少年偶像捧的原因。

「如果負責維修的是媽媽，就更完美啦！」

紘司一面在餐桌邊坐下，一面嘀咕。

「別強人所難了。我沒辭職，怎麼跟你過來？」

在紘司轉調藍色衝擊之前，公惠也在航空自衛隊工作組工作，負責裝備品維修；紘司他們飛行隊駕駛的F—15當然也是由工作組負責維修。
「還是我該讓你單身赴任？和家人分住兩地，享受單身生活和女性圍繞的滋味，應該也不錯。」
「妳幹嘛說這種話啊！」
優太在場耶！紘司小聲制止她。他們早已說好，絕不在孩子面前吵架；紘司這時候提醒她，代表剛才那句話踩到了他的地雷。幸好優太正在看他最愛的卡通，入迷到連筷子都忘了動的地步。
「妳也知道那只是服務粉絲吧？」
紘司似乎以為公惠是因為女性粉絲圍繞藍色衝擊而嫉妒，雖然這也是原因之一，卻不是全部。
「其實這份差事也很累耶！明明覺得很煩，卻又不能表現出來。」
「我們不是在談論這個吧？」
公惠柔和地反駁。
「除非我接到同樣的人事命令，否則依然無法替你維修。這是無可奈何的事，如果可以，我也想替你維修啊！」
她知道這麼說，心腸軟的紘司就會讓步。
「……對不起。」
「沒關係啦！反正當時照顧孩子和工作兩頭燒，我也快撐不下去了，正好是辭職的時機。再說我也想跟你一起赴任。」

要不要再來一碗？公惠問道，紘司一臉開心地將見了底的碗遞給她。

「啊，對了，這個幫我丟掉。」

紘司從後褲袋裡拿出幾張小紙片，遞給起身盛飯的公惠。五顏六色但大小相差無幾的紙片，正是電腦印製的名片。

「不管我再怎麼防，她們就是有辦法塞到我身上。」

上頭大多印著女性名字、手機號碼及電郵信箱。有些強勢的女性粉絲會做這種事，比較勇猛的甚至會貼上大頭貼。

「她們塞到口袋時，你都沒發現？」

「怎麼發現啊！如果護著口袋，她們甚至會塞進靴子縫或安全帽裡來咧！」

「你沒想過要打打看嗎？你看，這張大頭貼上的女孩長得挺漂亮的啊！」

公惠故意調侃，紘司不滿地抗議：

「拜託，那種趁我不注意偷塞名片的女人，我哪敢聯絡啊？」

是，是！公惠一面敷衍紘司，一面將名片撕成兩半，放進流理台的三角瀝水籃裡，接著才替紘司盛飯。

「喂，優太！你光顧著看電視，爸爸要把你的炸豬排吃掉囉！」

「不行！」

優太連忙開始吃起炸豬排。

紘司在家時的光景一如往常。

……不要緊。

公惠將碗遞給紘司，維持著符合餐桌氣氛的笑容。

你那麼受年輕女孩歡迎，不會嫌棄我這個黃臉婆嗎？

用不著問這麼自卑的問題。紘司雖然是藍色衝擊的大紅人，但他很重視孩子和家庭的。

對我的愛一定也一如往昔，沒有改變。

不過，在內心用上「愛」這麼誇張的字眼，正是自信已經被連根拔起的證據——當天公惠被迫認清這個事實。

只要沒出差，幫優太洗澡向來是紘司的工作，公惠則趁著他們倆洗澡的時候來到更衣間，從紘司交給她的包包中取出藍色制服。藍色衝擊隊員的制服若是顯得髒兮兮的，成何體統？因此公惠在清洗之前總會仔細檢查髒污，如有需要，便先用洗衣粉將污點搓揉一遍。

當她檢查領口時，指尖突然在折領部位摸到了異於布料的感觸。

她把折領中的東西拉出來一看，原來是一張對折的紙條——她尚未打開，就已經知道這張紙條是給她的。

紘司脫下制服之後，只是隨便折折就帶回家來，當然不會發現偷塞在背後的紙條；而紙條牢牢塞在筆挺對折的衣領之間，根本不會掉下來。

然而妻子替丈夫洗衣時，卻一定會檢查領口；因為讓丈夫穿著領口髒了一圈的制服，有損女人的顏面。
公惠想假裝自己沒有動搖，但指尖卻忍不住微微顫抖，令她懊惱不已。
打開一看，內文只有一句話。
『對手是妳，我應該能贏。』
公惠怒氣沖天，捏爛紙條，本想乾脆把紙條扔了——但轉念一想，又拉開放置內衣的抽屜，將紙條收起來。
這是宣戰布告——用膝蓋想也知道是那個從地上仰望公惠的女人發出的。
和這張紙條的惡意相較之下，其他女孩硬塞自製名片的花痴行為還算可愛的了。
公惠不知道那個女人如何得知她是紘司的妻子，不過對方已經指名道姓，宣告要橫刀奪愛了。
說不定那個女人會變成跟蹤狂，任何能當證據的東西都不該丟掉。
奔騰的情感冷靜下來之後，不安如水分擴散一般慢慢從腳邊爬了上來。
紘司認識她嗎？
紘司與優太的嬉戲聲及水聲從浴室傳了出來。她恨不得立刻質問紘司，但這麼做代表她不相信紘司。

優太那小孩特有的尖銳聲音顯得格外刺耳，她還來不及阻止自己，嘴巴便已怒吼道：

「要吵到什麼時候啊！浴室可不是游泳池！爸爸也一樣！」

浴室中的喧鬧聲戛然而止。

「被罵了。噓！」

「噓！」

父子倆似乎開始認真洗澡了。一陣自我厭惡感侵襲公惠。她只是因為心神動搖，才拿他們出氣。

優太似乎是因為白天「出遠門」太累了，比平時更早入睡。

現在離成年人的就寢時間還早，兩人便看起開著沒關的電視來了。紘司看著綜藝節目，一如往常地笑著，公惠卻是強顏歡笑。

想問，卻不能問。指針在兩種心情之間搖擺不定。

那個女人和紘司之間除了單純的粉絲關係之外，還有任何足以向公惠下戰書的關係存在嗎？

公惠希望紘司露出訝異的表情，說他根本不認識那個女人。不過若是她開口詢問，令紘司覺得被懷疑而感到不快呢？如果那個女人已經確保了點頭之交的地位，而這張紙條正是進一步介入他們夫妻倆之間的策略呢？

「……欸，爸爸。」

再三猶豫之下，公惠終於開口了。
「唔？幹嘛？」
紘司回答，顯然完全沒想到接下來會被懷疑。
那無辜的聲音和表情令公惠及時懸崖勒馬。
「你覺得我最近怎麼樣？」
「什麼怎麼樣？」
「有沒有變老？」
「不，沒有啊……我不覺得。」
公惠故意趴在暖爐桌上。
「今天在基地時，我帶優太去上廁所，發現鏡子中的自己根本是個黃臉婆，皮膚狀況也很差，看了好難過。」
「怎麼？原來妳吃晚飯的時候說話那麼酸，就是為了這件事啊？」
紘司笑了。
「在基地的破爛廁所裡照鏡子，不管是誰看起來都很老啦！糟一點的還活像鬼咧！別放在心上。」
「可是我洗澡的時候仔細照過鏡子，皮膚果然變差了。那些圍繞你的女孩每個都年輕又充滿活力，和她們相比，我根本是個歐巴桑。」
「妳也才二十幾歲啊！」

「可是我太疏於保養了。」
連一個毫不相識的女人都敢對我說「對手是妳，我應該能贏」。
「那是因為妳努力當一個好太太和好媽媽。對我來說，這樣就夠了。」
紘司摸了摸公惠的頭。
「不過如果妳真的這麼介意，可以去買好一點的化妝品啊！假如要買很貴的名牌貨，希望妳事先跟我商量就是了。」
「那種會壓迫家計的保養品我才不敢買呢！每天都得用耶！孩子大了，用錢的地方愈來愈多，你又是做這種隨時可能受重傷的工作，有錢買那種東西不如存起來。」
「哇，高級化妝品有這麼貴啊！」
「真要花起來可沒完沒了。」
公惠嚇唬紘司，紘司遲疑片刻之後說道：
「……不過，公惠，我還是覺得妳可以多花一點錢在自己身上。」
公惠的淚水奪眶而出。她是面向紘司趴著，淚水滑過鼻子，流到了耳邊。
「咦，妳幹嘛哭啊？我這句話讓妳太感動了嗎？」
驚慌的紘司依然一樣蠢，公惠忍不住笑了。
「你好久沒叫我公惠了，都是叫我媽媽。」
讓我有種變回女人的感覺，公惠喃喃說道。紘司回答：「是啊，不知不覺就變成爸爸和媽媽了。優太不在的時候，我們還是照舊用名字互相稱呼吧！」

公惠點頭——心中暗自慶幸沒問起那個女人的事。

這麼蠢又不正經的紘司怎麼可能說謊？他和那個女人一定毫無關係。他連衣領被人偷塞了張給妻子的紙條都沒發現，要怎麼對我隱瞞自己的心虛？

——不管妳使什麼手段，我都會好好保護我的家人。

九月底，公惠如此下定了決心。

然而這條路卻是既險峻又艱難。

＊

四月到十二月間，藍色衝擊飛了二十幾次。

他們從日本列島的北邊飛到了南邊，其中當然不乏出差而沒回基地的日子。

每當紘司飛完一趟行程，紘司衣領中的紙條便多上一張。

紘司總是沒發現。

『今天的紘司也好帥。』

『紘司說話很風趣。』

『下回要到松濱出差，是吧？』

『每次都要洗衣服，辛苦妳了。』

引人遐想的巧妙文章隨著花式飛行的次數而增加。這些紙條公惠一張也沒丟，全都收在放置內衣褲的抽屜裡。

紘司和那個女人不可能有任何曖昧。公惠一再告訴自己，紙條數目也一再增加。

『今天的飛行雖然取消了，不過和紘司見到了面，我很滿足。』

收到這張紙條時，公惠毛骨悚然。當天早上天氣預報便已經說會下雨，藍色衝擊雖然安排了花式飛行行程，但顯然是非取消不可了。紘司回家以後，公惠詢問，得知飛行取消，改為地上滑行，並開著引擎舉辦簽名會來服務粉絲。

這個女人每逢藍色衝擊的巡迴演出必跟嗎？無論飛或沒飛，所有的演出她都會到場。這股駭人的執著幾乎壓倒了公惠。

公惠不知道這個女人住在哪裡，但連顯然飛不成的演出她也照去不誤，交通費一定相當可觀吧！而且她的目的並不是觀賞藍色衝擊的花式飛行，只是為了見上紘司一面——即使沒人能保證她一定見得著面。

倘若紘司和她之間真的毫無曖昧，這種行為是何其詭異啊！單純的粉絲怎麼可能如此執著？換作公惠，再怎麼迷戀偶像、演員也做不到，即使現在是單身，能夠自由運用所有薪水亦然。

這種常理判斷撼動著公惠相信紘司的心。

每當她憶起那個女人仰望頂樓時的勝利笑容，便會想起在基地廁所照鏡子時看見的那張褪色的臉。

別的不說，為什麼那個女人會仰望公惠？難道不是紘司告訴她的嗎？無論公惠如何努力壓抑，懷疑的念頭仍舊不斷地冒出來。

他們倆是不是在背地裡拿那個花枝招展的女人和她這個黃臉婆相比，嘲笑著她？

紘司出差未歸的日子，這種愚不可及——但公惠又無法斥之無稽——的妄想總是不斷地糾纏著她。

『紘司說他今天是為了我而飛的。』

這是段無法以「無聊」兩字帶過的文字。

紘司在家時總說他是為了公惠與優太而飛的。說謊的是誰？公惠已經沒有足夠的氣力供她堅定不移地相信是那個女人說謊。疑神疑鬼最容易使心靈變得脆弱。她不得不承認，對手在愛情方面是個耍心機的天才。

如果紙條上寫的是「我和紘司上床了」或是「紘司向我保證會和太太離婚」之類直接挑明紘司外遇的幼稚訊息，公惠還不致於如此動搖。

最教人心力交瘁的，反而是這種無法斷定有無曖昧卻又引人遐想的訊息。

紘司在家時依舊如常，是個愛小孩、又蠢又不正經的爸爸。公惠只能相信他那一如往常的模樣。

相信那些留言都是假的。

然而，隨著巡迴演出進行，公惠愈來愈無法忍受紘司那種問心無愧的態度。女人透過後領施加的壓力與紘司的問心無愧之間，落差太大了。

那是件再平常不過的事。紘司洗完澡後，在客廳裡攤開浴巾，赤赤裸地躺在地上晾乾身上的濕氣。

但是那一天公惠卻覺得紘司的邋遢樣格外礙眼。

她一面替優太換衣服，一面厲聲罵道：

「快點把衣服穿上啦！像什麼樣。」

這道聲音分貝雖不高，卻相當刺人。紘司聽了，不由得露出訝異的表情。

接著他故意躺成大字形，攤開雙手揮舞說道：

「好過分，好過分，媽媽要剝奪爸爸洗完澡後放鬆身心的權利！」

「連內褲也不穿，講什麼放鬆身心的權利！趁著身體還沒有著涼，快點去穿衣服！」

「我又不是小孩，用不著妳操心吧！」

紘司的聲音也顯得略為不快，不過公惠的不快指數飆得更高。

用不著我操心？這話是對著我說的？

「你老是這麼邋遢，我怎麼教孩子！當人家爸爸的在家只會胡鬧，像什麼話！有點分寸行不行！」

回應怒吼的是優太的哭聲。他一面任由公惠替他扣睡衣一面哭泣，活像是他挨了罵。

紘司默默起身，走向衣櫥，穿上內褲走回來，從宛若凍僵似的動也不動的公惠手中接過優太，替他扣好釦子，抱起他來。

「乖，乖，乖，沒事，優太不用哭。」

紘司一面搖著優太，一面低頭看著公惠。

「母親突然歇斯底里地大吼大叫，就有助於孩子的教育嗎？這麼點雞毛蒜皮的小事，妳想抱怨，可以等優太睡著以後再說。」

妳最近變了，變得讓人喘不過氣來。

紘司坦白說道，帶著優太回寢室。

公惠望著他的背影，眼淚潸然滑落。

讓人喘不過氣來。

這句話就像木樁一樣刺向她的胸口。

……你以為我是因為誰才變成這樣——

公惠正要怪罪紘司，卻及時清醒過來。這不是紘司的錯。

錯的是那個女人。

還有被那個女人玩弄於股掌之間，變得「讓人喘不過氣來」的我。

我是從什麼時候開始讓人喘不過氣來的？紘司在家的時候並沒顯露出痛苦的樣子，是他忍著沒表露出來？還是——

公惠好厭惡到了這個關頭還犯疑心的自己。難道是因為他可以在外頭的女人身上獲得慰藉，所以能夠忍受家中的烏煙瘴氣？

紘司安頓優太就寢之後就回來了，他回來時已經換上睡衣，但沒和顯然哭過的公惠說上半句話。

＊

乾脆詢問其他隊員好了。

沒有當天歸建的日子，我先生晚上有留在宿舍裡嗎？

他可曾外出兩、三個小時過？

你們知不知道有個女人追著我先生跑遍日本？

但是公惠不能問。如果讓人知道她這個做太太的，到處打探丈夫有無外遇，丟臉的是紘司。

紘司依然悠悠哉哉又不正經，前幾天的齟齬彷彿根本沒發生過一般。

他依舊遵守著優太不在時以名字互相稱呼的約定。公惠總覺得如果她對紘司的懷疑從自己的內心洩漏到外頭去，將會造成無法修補的裂痕。

她在懸崖邊緊緊踩住腳步，而紙條依然隨著花式飛行的次數逐漸增加。

『恕我失禮，像妳這樣人老珠黃，能滿足紘司嗎？』

這是公惠耿耿於懷，但對手卻充滿自信的一點。被踩著了痛腳，公惠終於做出了平時的自己連想也想不到的事。

紘司和優太剛進浴室，還有好一陣子才會出來——而紘司的手機大剌剌地擱在餐桌上。

打開手機之後，公惠的手再也停不下來了。她的手指活像是被什麼東西操縱一般，直到檢查完電話簿和通話紀錄才停下來。

電話簿及通話紀錄之中都沒有任何可疑的號碼，簡訊的對象也盡是公惠、隊上人員及朋友，總之沒有和公惠完全不認識的人互傳簡訊的跡象。
我居然真的做了這種事——後悔和心虛如波濤一般洶湧而來。
沒發現那個女人的痕跡固然令公惠安心，但偷窺紘司的隱私所造成的自我厭惡感更加打擊著她。
她趴在桌上哭泣，不知不覺間，紘司與優太已經洗好澡，走出浴室。
「喂，優太的衣服……」
替優太更衣向來是公惠的工作，紘司尋找公惠，來到了廚房一看，焦急地叫道：
「公惠！妳怎麼了？喂！」
「媽媽，妳痛痛嗎？」
隨後跟來的優太也擔心地問道。
「對啊，所以優太快點跟爸爸一起來穿衣服。」
紘司對公惠留下了一句「妳等我一下」之後，便用平時難以想像的俐落手腳迅速地替優太和自己穿上衣服，帶著優太前往寢室。
「欸，妳到底怎麼了？」
見公惠只是靜靜哭泣，不肯開口，紘司放軟了聲調再三詢問。
「沒事。」

「妳這樣哪叫沒事啊？」

紘司愈關心她，她就愈難以啟齒。她怎麼說得出自己偷看了紘司的手機？雖然沒有外遇的跡象，但公惠卻背叛了紘司。她沒能相信紘司。如果紘司知道了，會生氣？還是傷心？

「妳不是身體不舒服吧？」

「我身體很好，讓我一個人靜一靜。」

「妳這個樣子，我怎麼放心讓妳一個人獨處？妳最近真的很怪，如果有什麼煩惱跟我說，我們是夫妻啊！」

紘司耐心地溫言勸解，但公惠堅持不說原因，最後他們以一起休息為妥協條件，鑽進被窩就寢。

＊

過了一陣子，潤子帶著孩子從隔壁官舍的高島家前來拜訪。

潤子在午後來訪，便是算準這個時候公惠應該已經做完家事了。但是公惠現在沒有心力接待訪客。

「對不起，我今天……」

公惠正要開口婉拒，潤子卻搶先一步將長男塞進屋裡。隨後，屋內便響起了長男和優太嬉鬧的聲音。

「別這麼說嘛，我還帶了伴手禮來呢！」

說著，潤子拿出了附近蛋糕店的蛋糕禮盒及ＤＶＤ。

「這個ＤＶＤ是特製的喔！六小時的無廣告版麵包超人。只要放這個給孩子看，我保證他們安安靜靜的。」

這個年紀的孩子迷麵包超人就和麻藥中毒差不多，就算是同一集也能一看再看，百看不厭。

高島家便是利用這一點，將麵包超人錄製成ＤＶＤ來收服孩子。

「還有最重要的一點，是相田上尉拜託我來看妳的。他說妳最近不知道為了什麼事在煩惱，要我陪妳聊聊。」

毫無防備的側面受到了這股刺激，公惠忍不住倚向潤子的肩膀。

「——要是他沒加入藍色衝擊就好了……！」

她說這句話時已經夾雜著嗚咽了。

潤子駕輕就熟地操作相田家的電視，播放特製ＤＶＤ。

「你們看，全部都是麵包超人喔！兩個人一起看，別離電視太近！」

「媽媽，零食呢？」

「暖爐桌上的全都可以吃，吃放在自己面前的那一份。你們兩個的零食都一樣多，不可以搶對方的喔！」

孩子被安置在暖爐桌邊，兩個女人則來到了廚房。優太起先還掛念著已經在廚房掉起淚來的公惠，但麵包超人一開始播放，他的視線便牢牢釘在電視上了。

「相田上尉說妳從好一陣子以前就開始獨自煩惱了。」

潤子起了話頭，公惠說了聲「等我一下」，起身離席。

她是去開衣櫃。她把放在抽屜裡的紙條全都拿來給潤子看。

見了裝在盒裡的紙條，潤子皺起了眉頭。

「這個是……」

「這是第一張，我看了很生氣，把它捏爛了。」

那是公惠忘也忘不了的「對手是妳，我應該能贏」。

潤子連看也沒看完，便抬起頭來問道：

「欸，這個是不是塞在制服後領裡？」

這回輪到公惠驚訝了。潤子對著啞口無言的公惠揭曉答案：

「去年收到的是我們家。」

「……什麼意思？」

「我是沒看過本人啦，聽說有個長得挺漂亮的女人迷藍色衝擊迷得很瘋。」

「這種女人不是一堆嗎？」

「那個女人的程度不一樣，她不太正常。」

潤子不願讓孩子聽見，放低了聲量。

「她在歷代隊員之間也很有名。她好像立志要和藍色衝擊隊員交往，每次一有新隊員進來就會去招惹他。聽說有個隊員看她長得漂亮，和她交換電子郵件，結果吃了不少苦頭。她就和跟蹤狂差不多。」

妳看了也知道吧？潤子指了指公惠保存的紙條。

那個女人的確具有跟蹤狂特質，所以公惠才會一直保存著這些令人不快的紙條。

「而且她只要看中了，根本不管對方有沒有結婚。去年被盯上的就是我們家爸爸。我們家爸爸說他結婚了，結果她就展開了後領攻擊，我也被她挑釁過好幾次。」

「潤子，妳發現紙條的時候怎麼做？」

「還能怎麼做？我立刻拿給爸爸看，兩個人一起大叫：『哇！好噁心！』積了幾張以後，爸爸就彬彬有禮地親手還給那個女人了。」

妳也該立刻拿給妳先生看的。聽潤子這麼說，公惠自個兒也詫異地眨著眼睛。

為什麼我沒這麼做？你的後領塞了這個耶！哇！好噁心——我們家明明也該是這種反應的啊！

公惠立刻想出她沒這麼做的理由。

「因為那個女人曾經盯著我看。」

被女性粉絲包圍的紘司。

其中一個女粉絲抬頭仰望頂樓，與公惠四目相交，露出了勝利的笑容。

「然後第一張紙條上寫的又是這種話，我以為對方認得我，就不敢輕舉妄動了。」

潤子好心送來的蛋糕，吃在嘴裡就像嚼沙一樣無味。

「起先我以為這是宣戰布告，滿肚子火；後來腦袋冷靜下來以後，就開始不安，懷疑紘司是不是認識這個女人。不見得是男女關係，或許只是點頭之交或朋友，想找機會把我踢開。」

公惠低下頭來，摀住臉龐。

「我想問紘司紙條的事，可是又怕他覺得我在質問他。如果紘司氣我懷疑他，反而破壞了我們夫妻的關係，該怎麼辦？」

逐一回顧紙條的潤子好言安慰道：

「對方認得我們，我們卻不認識對方，的確很可怕，我懂。拿我來說吧，我只聽說過她是美女，實際上沒見過她，她應該也不認得我，所以我才沒想那麼多。要是她認得我，明知對方是我的老公還塞這種紙條，我也會害怕啊！」

「而且她每次都塞，就連藍色衝擊沒飛的日子也沒放過。我覺得如果沒有特殊關係，哪能這麼勤勞？就更加懷疑紘司，變得歇斯底里，最後還偷看紘司的手機。」

這也不能怪妳啊！潤子露出心疼的笑容。

「要是我被逼到這種地步，我也會看。這麼恐怖的女人其實應該是紘司得設法應付的，可是妳卻代他擔心受怕，獨自承受。再說，妳不是懷疑紘司，只是不安而已。」

潤子不是問：「只是不安而已吧？」而是斬釘截鐵地說：「只是不安而已。」讓公惠略感寬慰。她很羨慕潤子的堅強。

「這張紙條的寫法也很卑鄙。『今天的飛行雖然取消了，不過和紘司見到了面，我很滿足。』她根本沒說是私下見面啊！其他的也一樣。」

潤子恨恨地瞪著紙條，一一檢視。

「她寫了一堆引人聯想的文句，其實冷靜下來一看，全都是觀察結果嘛！今天的紘司也好帥。她正迷藍色衝擊，當然無論何時都覺得紘司很帥啊！她迷到這種程度，全年的巡迴表演行程自然調查得一清二楚，知道紘司何時出差也沒什麼好奇怪的。」

要這種心機，真教人想吐。潤子罵道，又抽出了一張紙條。

『紘司說他今天是為了我而飛的。』

這是今公惠大為動搖的紙條。

「我現在重演當時的狀況給妳看。她一定和平時一樣混在一堆粉絲裡，逮到機會就裝可愛發問：『請問你們是為了誰而飛的？』藍色衝擊等於是自衛隊的公關，當然會回答『我們是為了各位粉絲而飛的』。『各位粉絲』裡也包含那個女人，所以她寫成『我』也不算說謊。十之八九是這種情形啦！」

站在第三者的觀點，糾結的絲線居然如此輕易地解開了。的確，與其懷疑紘司，這麼解釋要來得合理許多。

「現在還不遲，妳立刻和紘司商量這件事。這麼做對妳有好無壞。」
潤子鼓勵道，公惠也點了點頭。
此時潤子又浮現調侃的笑容。
「話說回來，我看你們夫妻感情其實好得很，根本用不著擔心吧？現在還用名字稱呼老公。」
公惠只顧著傾訴滿心的不安，根本沒注意到自己是用名字稱呼紘司，也沒發現潤子從中途就改口叫紘司，不再以相田上尉四字稱呼。
公惠滿臉通紅，潤子伸了個大大的懶腰。
「真羨慕，我們家也該效法一下。」

*

那一天，公惠等優太入睡以後，把累積至今的紙條全都拿給紘司看。這是個討厭的話題，所以她選在溫暖安詳的暖爐桌邊談。
紘司見了紙條，訓了公惠一頓：
「妳收到這種東西，為什麼不馬上跟我說啊？要是她傷害妳怎麼辦？我們家還有小孩耶！哇！好恐怖！好冷好冷好冷！」
紘司一面批判，一面檢視紙條。

「可是那個人認得我。」

話才說完，紘司便反射性地露出尷尬的表情。看來紘司在這件事上也有過失。為了避免事後吵架，公惠先為沒有一開始就找他商量以及偷看他的手機之事道歉。白天她已經和潤子談過一次了，所以現在能夠有條有理地敘述來龍去脈。

「看來你應該能夠說明她為什麼認得我。」

面對公惠的回馬槍，紘司只能死心地垂下頭來。

「……我把箭射歪的時候……」

當時紘司肩負射箭重任，便邀請公惠到基地來觀賞表演。那一天射歪的箭反而擄獲了女性粉絲的芳心，是個極富紀念價值的日子。

簽名會結束之後，女孩們依然圍著紘司不放；當時輕微貧血的公惠正在不遠的急救站看著他們。

「我早就聽學長他們說過那個美女的事，她果然來找我，而且很積極，還留到最後。她問我有沒有女朋友，我心知不妙，就跟她說我結婚了，可是她不相信，所以我就對她說『那邊那個就是我太太』，還向妳揮手。」

這件事公惠也記得，當時粉絲已經走了不少，紘司突然轉向急救站的方向揮手，所以她也揮手致意。

「你幹嘛不給她看結婚戒指？」

「有一次我脫手套的時候，不小心把結婚戒指甩飛了，勞師動眾地找了好久才找到。從那次以後，我飛行時都把戒指放在置物櫃裡。」

所以她才不相信我結婚了。紘司嘀咕道。當時瞥見公惠的身影，便說「那就是我太太」，拿公惠當擋箭牌了。

「她看了妳一會兒，又轉回來問我：『不過我可以永遠當你的粉絲吧？』我……」

當然不能說不行。身為藍色衝擊的一員，豈能說不？

沒想到放膽揭開蓋子一看，真相居然如此單純。

「誰知她竟然記住了妳的長相，還對妳做出這種事……」

原來她每次都在我的後領偷塞這種紙條！紘司膽寒地縮了縮脖子。

「我完全沒發現。」

「紙這麼薄，折起來就像剃刀刀片一樣小，就算是我也有自信能夠偷偷塞進你的領子，不被你發現。」

「可是妳發現啦！」

公惠不明白紘司的言下之意，歪了歪腦袋。紘司笑道：

「換作是我，一定不會發現，直接就把衣服扔到洗衣機裡；然後看到衣服上沾滿紙屑，只會以為是我忘了把口袋裡的東西掏出來……妳清洗我的制服一定很仔細，才能立刻發現紙條。」

「……那當然啊！藍色衝擊的隊員怎麼能穿著髒兮兮的制服？」

「謝謝。還有這些字條。」

紘司重新檢閱每一張充滿惡意的字條。

「既恐怖又噁心。原來妳一直獨自承受著這種騷擾。多虧了妳，我才能專心飛行，不用顧慮家裡的事。我看妳最近精神那麼緊繃，還以為妳是照顧孩子太累，所以才拜託潤子陪妳聊聊。」

善良的紘司所說的這番貼心話，雖然溫暖了公惠的心，卻也同時膨脹了她的愧疚感。

——不對。

「我不是為了你而獨自承受，我只是不安而已。她就是仗著自己漂亮，才敢對我露出那種勝利的笑容，還留這種字條給我；我怕你會被她搶走，不敢跟你說她對你有意思。因為我沒自信，我怕說了以後，你會移情別戀，選擇比較漂亮的她。」

恕我失禮，像妳這樣人老珠黃，能滿足紘司嗎？

我的年華逐漸老去，變成一個黃臉婆，連這種失禮的言詞都無法反駁，但是——

「你的身邊總有一群年輕漂亮的女孩圍繞。」

公惠一直很嫉妒那些年輕漂亮的女孩。他是我老公——這是她唯一的精神堡壘。

然而現在卻有個「年輕漂亮的女孩」試圖摧毀這座堡壘。漠然的嫉妒對象濃縮為單一的實體，這種不安豈是筆墨能夠形容！

「黃臉婆有什麼不好？妳是我的老婆啊！」

紘司憤慨地替公惠辯護，但公惠仍然無法忽視「人老珠黃」這句輕蔑之詞。

「別胡思亂想了。如果我喜歡那種打扮得花枝招展的女孩子，我就不會和妳結婚了。」

紘司拉過公惠，緊緊抱住她。這種擁抱只有交往的時候和婚後優太出生之前才有。

「我喜歡上的妳，是不施脂粉、渾身機械油，替我的F—15維修的妳；不管維修哪種飛機都仔仔細細，一有空就練習打釘的妳。」

紘司指的是公惠仍在小松工作組時的事。現在看到飛得漂亮的飛機，公惠仍然會有熱血沸騰的感覺；就像在松島航空祭看見C—1鼓動著巨大的機翼上升時一樣。

因為她知道一架飛得漂亮的飛機背後，一定有個優秀的維修員。她敢抬頭挺胸地說：我也曾是他們的一員。

「我們飛行，是把性命交給飛機，當然也交給了維修。我把生命交給妳，不是交給那些打扮得花枝招展的女孩。對我來說，渾身機油的妳要來得美麗多了。我一直都很喜歡妳。」

說出來或許那些包圍紘司的女性粉絲不相信，其實當初是紘司主動表白的。

紘司是防大出身的飛鷹戰機駕駛員，前途不可限量，女人也是任君挑選。公惠亦在選項之中，最感意外的便是她自己；至於最後會被選上，她更是連想都沒想過。

公惠是高中畢業入隊的，當時剛升下士。她沒想到大了她五歲的防大菁英會向她表白，起先三回都嚴詞拒絕：「請別捉弄我。」

然而紘司並沒打退堂鼓。我是認真的，所以才向妳表白。我想交往的對象，是向來用心維修，讓我放心託付生命的妳。

那一瞬間，公惠便墜入了愛河。她有預感，他們會真誠相待，一起步入禮堂；而這個預感果然成真了。

維修能力受到賞識，公惠固然感到光榮；但紘司不是因為女性魅力而選擇她，卻也令她略感失望。更何況她辭去了自衛官以後，便失去了紘司選擇她的依據。

我已經不再是紘司讚賞的維修員了。

「拜託，我不光是因為妳的維修能力強才喜歡上妳的。」

紘司困擾地抓了抓腦袋。

「妳維修用心，確實是我注意到妳的契機，不過哪有人會光為了這一點結婚啊！」

那你喜歡我哪一點？

「指甲。」

紘司板著臉說道：

「妳的指甲總是被機油弄得黑漆漆的，但是隔天早上一來，又變回白色了。如果是男維修員，多半是放任指甲被油染成黑色，可是妳每天早上的指甲都是白白淨淨的，代表妳洗澡時有仔細清洗身上的油污，連指甲也不例外。明知到了隔天還是會弄黑，卻依然保持乾淨。那時我才發現妳在這種小地方上和一般女孩沒兩樣，覺得妳好可愛。發現了一個優點之後，剩下的優點就接二連三地跑出來了。」

就算我沒和妳結婚，也不會和那些因為我是藍色衝擊隊員或飛鷹駕駛員而喜歡我的人交往。紘司說道，擺出了一張苦臉。

「更何況是這種女人。我幹這一行，只敢和萬一之時能夠託付家庭的女人結婚。或許有的隊員會和女性粉絲來往，可是絕不會把地上的事託付給這種騷擾已婚隊員妻子的女人，至少我做不到。」

別的不說，我根本無法想像沒和妳結婚的我。

說著，紘司和情侶時期一樣，摸了摸公惠的頭髮。

「……下次飛行，我要再次挑戰丘比特之箭。」

那正是紘司出師未捷卻反而增加了女性粉絲的花式表演。

「在新田原，我希望公惠妳能來看。」

「嗯。」

公惠點了點頭，又說：「我會請我爸媽來照顧優太。」公惠的雙親一樣住在宮城，往返很方便。

紘司也點了點頭說：「是啊，帶著優太跑那麼遠是有點辛苦。」其實公惠並不是怕辛苦才不帶優太去。

她想獨自前往。

「我會為了妳而飛，妳要好好看著。」

「這回可別失敗啊！」

「我知道！」

紘司賭氣似的嘟起嘴來，粗魯地將攤在桌上的紙條塞進盒子裡。

「你要怎麼處理？」

「等到了新田原以後，我直接還給她。」

「啊，不行！」
公惠從紘司手中搶過紙條。
「明天我會去向警察備案。雖然我不認為她會對我做出什麼事來，不過為了安全起見，還是備個案。有這麼多紙條當證據，警察應該會受理的。」
如果這些意有所指的留言真的有所根據——將公惠逼入死胡同的心魔已經消失了。
既然知道了真相，接下來就該採取行動了。先向警察備案，以策萬全。
「妳做事真的是有條有理耶！公惠。果然是個可以安心託付家庭的人。」
公惠沒說什麼，只是笑了一笑。
身為妻子，被丈夫誇讚是種光榮；更何況紘司能夠安心飛行，乃是建立於對公惠的信賴之上。
不過這麼一想，她的人可沒好到就此不了了之、原諒那個女人的地步。
這回要讓那個女人瞧瞧當過自衛官的女人有多厲害。

*

紘司一直擔心新田原的天氣，不過當天是個大晴天。
陰天雖然也可進行花式飛行，但若雲層太低，就只能進行水平方向的特技；因為高度較高的特技會穿越雲層，地上的觀眾就看不見了，煙霧也會混在雲層裡，減低效果。垂直丘比特是利用高度表演的「塗鴉」特技，能否進行大受天候條件左右。

當天天氣良好，可謂萬里無雲。

以水平編隊進入會場的兩架飛機在垂直上升途中分離，以藍天為背景，畫了個大大的愛心。

這個步驟是老手機進行的，萬無一失。上回紘司出錯的時候也是如此。

公惠在家屬專用的觀眾席上屏氣凝神地注視著，只見最後的箭——紘司的四號機在一陣連續翻轉之後，貫穿了愛心中央。

上一回地上響起的是笑聲，今天響起的卻是歡呼聲。

聽著這陣讚賞的歡呼聲，公惠高漲到極點的悸動又漸漸地鎮定下來了。

公惠的視線追著暫時離開會場的紘司座機，直到它的身影消失為止。

不久後，藍色衝擊結束了所有花式表演，降落到地面上來。

公惠恨不得率先衝上前去抱住紘司，對他大叫恭喜、太棒了；但是接下來隊員得換上制服進行粉絲服務，穿著藍色制服的期間，藍色衝擊是屬於粉絲的。

恭喜。

好了。

公惠離開家屬專用席，走向急救站。

在急救站前等了三十分鐘，等待的人來了。

就是在後領放紙條的她。看來她雖然習慣設計別人，卻不習慣被人設計。她依然和公惠唯一一次的記憶中一樣美，不過臉色有點發青；或許是因為現在正值巡迴演出將近結束的冬天，九州的冷風令她發寒之故吧！

想必她又如往常一般，想在紘司的後領偷塞紙條，卻發現裡頭已有公惠塞入的字條。

『藍色衝擊的飛行表演結束後，我在急救站前等妳。』

公惠的字條上只寫了這段文字。

面對以敵視視線窺探著自己的她，公惠直接切入正題。

「謝謝妳這段日子以來寫信給我。我和外子商量過後，已經把全部的紙條都拿去向警察備案了。」

女人的臉上頓時血色全失。

「我……我只是寫紙條而已。」

「是啊，所以我們也只是備案而已。」

「妳居然把粉絲的留言拿去報警……！」

「那些內容顯然不是寫給紘司看的吧？警察也認為那不算是粉絲給偶像的訊息。」

別擔心。公惠故意溫柔地笑道：

「我們連妳叫什麼名字都不知道，只要妳別再作怪，在警局留下的就只有那個備案紀錄而已。」

我可以就此一筆勾銷——女人似乎沒笨到聽不出公惠的言下之意。她口中雖然嘀咕，卻沒正面和公惠爭吵。

「我可以問妳一個問題嗎？」

那個女人沒有拒絕的權利。公惠是明知故問。

「妳為什麼會看上紘司？」

「他長得很帥……」

女人心不甘、情不願地答道：

「箭射歪了的時候又很可愛。」

啊，契機果然和其他女孩一樣，只是不懂得遷就現實踩煞車而已。

「妳很幸福，居然覺得那是可愛。」

女人似乎將公惠的苦笑視為愚弄，臉色大變。

「什麼意思啊？」

「意思就是妳是外人，所以才能這麼想。如果妳是家人或女友就不會這麼想了。」

無知是種幸福。

把箭射歪的紘司給地上的觀眾帶來了歡笑，並強烈刺激了女性粉絲的母性本能。

但是對於其他隊員、本人及家人而言，這件事一點也不好笑。即使只有一瞬間，脫離預定軌道便代表駕駛員完全迷失了方位，很可能因此發生意外。

脫離軌道的那一瞬間，公惠在家屬席上放聲尖叫。她的腦子想像著飛機失控的畫面，眼睛卻拚命睜大，尋找紘司的座機。最壞的想像並未成真，紘司脫軌之後，在上空重新穩住了機身，當時已經脫離了會場空域。

「妳記住我的長相那一天，我為什麼會待在急救站，妳知道嗎？是因為我太過擔心脫離軌道的紘司，所以引發了貧血。紘司也一樣，他在粉絲面前強顏歡笑，其實心裡很沮喪，檢討會上還被飛行隊長狠狠地罵了一頓。」

對於當事人而言，那場意外根本不能以可愛兩字形容。

公惠藉由加重當事人三字來強調女人只是個外人。

「而這竟然是妳想搶我丈夫的契機？看來妳什麼都不懂，無論是藍色衝擊或是飛機。」

公惠自然流露的失笑聲似乎傷害了女人的自尊，只見她低下頭來，抖著肩膀說道：

「──妳少自以為是了，我不過是覺得好玩才勾引妳老公的。」

最後撂下這句話，便等於是認輸了。女人轉身離去。

紘司與她錯身而過，慌慌張張地跑來。

「公惠！」

「咦？粉絲服務結束啦？」

公惠困惑地迎接紘司，紘司氣喘吁吁地回答：

「那個女人又來了，看她繞到我背後，我趕緊摸了摸後領，可是什麼也沒有；我心裡正覺得奇怪，居然看見她和妳站在這裡，就立刻趕過來了。」

妳沒事吧？紘司關切地問道，公惠露出了游刃有餘的笑容。

「需要被這麼問的應該是她才對。別提這個了，恭喜你表演成功。」

公惠祝賀，紘司高興地笑了。

「今天沒害妳貧血了。」

「剛才的表現很帥，真該帶優太來看的。」

其實公惠是為了與那個女人對決，才故意將優太留在家中。她不願讓小孩看見那種爭執場面。

「謝謝。」

紘司輕輕握住公惠的手。

「妳替我和那個女人說清楚了吧？妳沒帶優太來也是為了這個理由。」

公惠沒想到紘司居然察覺了，驚訝地抬起頭來；紘司苦笑道：

「我沒呆到這麼不知不覺的地步。對不起，讓妳當壞人。」

「……沒辦法，誰教你是藍色衝擊的一員呢？」

公惠落下了幾顆淚珠——真的只有兩、三滴。

「身為藍色衝擊隊員，就算粉絲再怎麼煩人，也不能表現出來。藍色衝擊可是自衛隊的門面啊！」

「……妳現在好可愛。」

公惠的身體突然被緊緊圈住，原來是紘司抱住了她又立刻放開。粉絲服務現場傳來一陣尖叫聲。

「回家的路上多小心，我明天就回去。」

說完，紘司便跑回隊員身邊了。

之後紘司受女性歡迎的程度似乎更上一層樓。

原來是粉絲目睹了紘司在急救站前擁抱公惠的那一瞬間，一陣騷動，飛行隊長便說明公惠的身分，紘司因此多了「愛老婆」的附加價值，更加提升了正常粉絲的好感。

她們似乎認為紘司一被問起太太就害羞的這一點也很可愛。

紘司的任期只剩下明年，不過在他離開藍色衝擊之前，身為隊員的妻子，依然是「我丈夫太有女人緣了，很傷腦筋」。

只要不是像那個女人一樣的惡質粉絲，我非常歡迎。最後一年，公惠決定豁出去了。

Fin.

秘密

Intimate Secret

我有個不能對長官說的秘密。

＊

說到陸上自衛隊以航空部隊聞名的營區，便是明野營區。中部地區軍團第十師第十飛行隊便隸屬此地，陸上自衛隊航空學校的總校也在這個地方。此外，雖然知名度不如空自的藍色衝擊，但由航校教官組成的旋翼機高難度花式飛行小組「明野彩虹」亦是小有名氣。

隸屬明野營區第十飛行隊的手島岳彥中尉乃是ＵＨ６０ＪＡ的駕駛員。他胸前的徽章雖然不如空自的航空徽章那般華麗，也也是盾牌、櫻花及翅膀組合而成的陸自航空徽章。

手島的長官是第十飛行隊隊長水田章介少校。

而手島兩年前開始交往的女朋友則叫水田有季。

——其中的故事，可就是說來話長了。

＊

「手島，你有女朋友嗎？」

操課後，水田突然問道。當時手島只有二十五歲，還是少尉。

「不，呃……」

手島的個子雖比同梯的弟兄們矮上一點，可也還有一七〇公分以上，長相和階級也和弟兄們相差不大，但不知何故，聯誼及搭訕總是屢戰屢敗。因此被問到這個問題時，不由得結結巴巴。

「其實我問過宮崎，知道你沒有女朋友。」

啊，混蛋宮崎。手島在內心罵道。宮崎是同梯中最有女人緣的一個，從來沒缺過女人，而且每次泡的都是自己最愛的蘿莉型美女，令弟兄們又妒又羨。非但如此，他消息靈通，每次聯誼完後總能迅速探聽出對方有無繼續來往之意，是個相當可貴的人才。

不過這也代表宮崎幾乎掌握了所有弟兄的戀愛地圖，而手島在他的記憶中，長期以來都是孤家寡人一個。長官一打聽，面子可就掛不住了。

「嗯……很遺憾。」

手島略帶不快地點了點頭，水田浮現了滿面笑容，說道：「太好了！」

「慢、慢著，什麼叫做『太好了』啊！就算是長官，我也會抓狂的！」

手島忍不住抗議，水田這才發現自己的發言有欠思慮。

「唉呀，抱歉、抱歉。其實我是有事要拜託你。我需要一隻單身男人。」

「什麼叫做『隻』啊！至少用人類的量詞行不行！」

面對手島的抗議，水田拿出他的看家本領——假裝沒聽見，自顧自地帶入正題：

「我女兒有個與眾不同的朋友，很喜歡自衛隊，想交個自衛官男友；所以她拜託我女兒代為介紹。」

原來如此。手島看出端倪了。

「非正式相親？」

「對對對，就是這樣，不用太嚴肅，只是見個面，合得來再交往就行了。你願不願意去啊？那個女孩長得也挺漂亮的。」

水田用上「也」字，意指他的女兒當然也是個美女。看來部下面前的魔鬼長官對女兒可是呵護備至。

「反正我現在是活會，沒關係……不過為什麼找我？」

「要介紹給女兒的朋友認識，總不能隨隨便便抓一個吧！得要挑個不會丟我女兒面子的貨色。」

什麼貨色，我是商品嗎？手島又鬧起彆扭來，水田補上一句：

「最後的關鍵是宮崎的推薦。」

「啊？」

手島不明白宮崎為何推薦自己，一臉訝異。

「他是這麼說的。要介紹給令嬡的朋友認識，當然得介紹個正派的男人；手島是個正派的人，所以聯誼或搭訕這種短期決戰，無法充分展現出他的優點。但他其實是個很真誠的好人。」

宮崎，對不起，我剛才不該罵你是混蛋。手島在內心膜拜著宮崎。

每回手島被女孩子拒絕，宮崎總要取笑一番，沒想到他背地裡居然如此肯定手島。

於是他們說好先見個面。在水田女兒的朋友強烈要求之下，他們相約在假日時見面，由手島帶她參觀營區。水田的女兒也會陪朋友來。

兩個女孩搭車到最近的近鐵山田線明野站，手島再到車站去接她們。

「哇——————！」

手島立刻便猜出對車歡呼的是朋友。他知道自衛隊迷看了會喜歡，特地申請許可，開了台搭有布篷的小型卡車來。

朋友的確是個引人矚目的美女，相較之下，水田的女兒看來比較不起眼，可知水田那句「那個女孩長得也挺漂亮的」其實帶有偏袒女兒之意。如果投票表決誰比較美，票數鐵定往朋友集中。

「這台車的底盤和Pajero是同款的嗎？」

聽了朋友這句話，手島不由得暗吃一驚。

自衛隊使用的小型卡車中，有款新型卡車是以舊型的吉普車與Pajero的底盤為基礎改良而成的。這位朋友不只說與Pajero同款，而是特地強調底盤，可見得不是普通的狂熱分子。

「朱美，先跟人家打招呼啊！」
水田的女兒拉了拉朋友朱美的衣袖。
「啊，對不起！我叫森島朱美！今天就麻煩你了！」
那清脆響亮的聲音反映出她乾脆俐落的個性。一旁，水田的女兒客客氣氣地行了個禮。
「我叫水田有季，謝謝你平時對我爸爸的照顧。」
「不，哪兒的話！我們才是被照顧的人！」
手島仍在驚慌失措之際，朱美已經跑到小型卡車的助手座邊了。
「欸，有季，我可以坐助手座嗎？」
「手島先生說可以就可以。呃，朱美。」
有季喚了朱美一聲，吸引她的注意力之後，才將手掌往上翻，比了比手島。
「這位是今天要帶我們參觀營區的……」
有季代為牽線，手島總算能夠補上因太過驚慌而漏掉的自我介紹。
「手島岳彥少尉，請多指教。」
「哇！少尉喔？好厲害！」
……唔，我總覺得……
手島一面回應要求握手的朱美，一面苦笑。
不是我來也沒關係嘛！
在上車之前，有季似乎看出了手島的心思，對他輕聲說道：

「對不起，她是有點古怪，不過人其實不壞。她真的很迷自衛隊。」請你多多關照。她輕輕地點頭致意。

忠於興趣的活潑女孩，和看起來似乎被她耍得團團轉，卻又能在關鍵時刻約束她的內向女孩——看來她們倆是這種組合的朋友。

「沒關係，難得有人對會自衛隊表現出這麼強烈的好感，我很高興。」為了顧全水田父女的面子，手島笑著答道。

抵達營區之後，朱美的亢奮之情達到了最高點；她眼睛利得很，只要一發現裝備品就立刻衝上前去，拿起數位相機猛拍照。起先她還會顧及有季的顏面，等手島步行跟上之後再發動問題攻勢。但後來似乎等不及了，只要看到有隊員在附近工作或碰巧經過便就地閒聊起來。

這麼一個不怕生的美女找自己聊天，有哪個隊員會不高興？受到朱美的亢奮情緒影響，他們說起話來比和手島說話時還要熱絡許多。

手島不能讓長官的女兒跟著朱美到處亂跑，只好像個督導官一樣跟在後頭。因為朱美即使和他們並肩同行，只要一看到感興趣的事物，立刻就會扔下他們兩人展開衝刺。而且——

「哇，她跑得好快！」

手島滿心讚嘆地望著朱美奔跑的背影。他已經放棄跟上她了。朱美腳程快歸快，畢竟是個普通的女孩，手島要追上她易如反掌，但有季可就不一樣了。

「朱美真是的。」
有季氣喘吁吁，是朱美前幾次衝刺時試圖跟上的後遺症。
「對不起，難得手島先生來當我們的嚮導，她卻自顧自地到處亂跑。」
「沒關係，開心就好。」
「是嗎？可是難得週末放假……」
「反正我留在隊舍裡也只是無所事事而已，帶著兩位女性出來逛逛，享受一下左擁右抱的滋味，要來得好多了。」
不過這下子非正式相親是不成立了。手島在心中暗暗想道。朱美只對自衛隊的裝備品有興趣，手島對於她那過分旺盛的活力也有些敬謝不敏。
「對不起，我爸爸是不是當相親安排啊？」
「啊，嗯……他只是說如果有興趣可以來看看。」
「不過你應該嚇到了吧？」
有季敏銳的觀察力讓手島暗吃一驚。
「不，她長得那麼漂亮，活潑外向，又喜歡自衛隊，是個很棒的女孩。只不過我不敢高攀啦！」
再說她對我根本沒興趣。這句話手島沒說出口。
水田提起這件事時，若說手島沒有半點期待，那是違心之論；不過實際上見面以後，朱美實在不像是會把手島當交往對象看待的那一型。如果手島和ＡＨ１Ｓ站在一起，朱美鐵定毫不猶豫地衝向AH1S高聲歡呼。

要和朱美交往，必須跟得上她的步調才行。剛才被朱美抓著說話的隊員之中有好幾個就是這種類型，他們比手島還要來得適合朱美許多。

要我來選，我還比較喜歡——手島之所以做這種比較，應該是因為她們是兩個人一起來的。

「對不起，她的個性真的不壞，只是有點太積極，忠於自己的欲望。等她冷靜一點，應該就能坐下來好好聊天了。」

看在手島眼裡，拚命替拋下介紹對象的頑皮朋友說好話的有季要來得有魅力許多。雖然有季並不如她父親所說的一般，是個與朱美相提並論的美女；但就性格而言，有季應該比朱美更適合手島。

「沒關係啦，我本來就沒把相親的話當真。再說，我這個人沒什麼女人緣，說話又不風趣，像她這樣能夠自得其樂，我反而比較輕鬆。」

「咦？怎麼會！」

不知是不是客套，有季搖了搖頭。

「手島先生感覺上應該挺有女人緣的啊！」

「才沒有呢！每次聯誼或搭訕都被拒絕。」

「咦？為什麼？你這麼體貼，人又好。」

「哇，這就是典型的『你是好人，我們永遠都是好朋友』吧？」

——說來意外。

短期決戰無法充分展現出自己的優點。

同事宮崎指出的弱點在朱美過剩的活力作用之下，已經從手島和有季之間消失了；不過此時的手島並未發覺。

結果朱美與半路上攀談的隊員意氣相投（那個隊員是手島的學弟，確實是與朱美合得來的類型），參觀時間的後半段幾乎都是和那個隊員一起行動。

「朱美真是的～～～～！」

有季跟在後頭，急得直甩握拳的雙手。她擔任介紹人，自然對手島感到過意不去。

「不，沒關係啦！我又不能丟下妳跟著她衝刺，如果放她一個人，搞不好會跑到禁止進入的區域裡去，有個人跟著她我反而放心。」

「你認識那位隊員？」

「嗯，他是我的學弟，不過座機和我不一樣……」

說到這兒，手島忍不住呵呵笑了起來。

「怎麼了？」

「我知道她為什麼看中我學弟了。」

「咦？什麼意思？」

「她真的是個軍武迷耶！」

「是啊，所以呢？」

急著知道答案的有季看起來十分可愛，手島便故意賣了兩、三次關子。

「那小子是AH1S的駕駛員。她剛才不是直盯著AH1S看嗎？就是那台從正面看起來很瘦的直升機。我坐的是通用型的UH60JA，比起通用直升機，她應該更喜歡戰鬥直升機，所以和我學弟聊起來也比較開心。」

有季張大了嘴巴，過了片刻後才啼笑皆非地說道：

「真是的——真是的！居然為了這種理由——！」

「不，沒關係，我和妳也聊得很開心啊！」

或許是因為一直就近看著亢奮的朱美吧，手島說起這話來臉不紅、氣不喘，連他自己都感到意外。

「可是我今天是來當陪客的……」

有季垂下了頭。她對於手島似乎懷有某種使命感，以為手島這番話只是在安慰她。

唉，其實不是。

我真的覺得和妳一起跟在那位活力旺盛的朋友後頭散步，是件很快樂的事。

然而「有季是長官的女兒」之事替手島踩了煞車，他無法在當下做出更進一步的表示。

他從名片夾中抽出一張名片，在背面寫上手機號碼及電子信箱。

「給妳。」

有季一臉為難地接過手島的名片。手島宛若辯解似地對著那張為難的臉孔說明道：

「他們兩個聊得很開心，說不定會忘記交換聯絡方式；如果朱美小姐還想和我學弟見面，妳可以聯絡我，我會代為轉達。」

「可是……」

有季一臉歉意地捧著名片，仍不收起來。

「水田少校的命令是替他女兒的朋友介紹男友，只要朱美小姐找到中意的對象就好，不是我也沒關係。那小子的個性和朱美小姐應該合得來，而且他人也不壞。」

「那就不好意思了。」

有季滿臉抱歉地收下名片。

「呃，那我也留一下我的聯絡方式好了……」

——好耶！

手島早就期待著有季主動告知聯絡方式，而他的企圖自然而然地實現了。手島當然知道水田家的電話，不過要他對熟悉的長官說出「我要找令嬡」，實在是難如登天。

有季拿出的是用電腦製作的可愛名片，上頭以柔和的字體印著姓名、手機號碼及電郵信箱。

「好可愛，是妳自己做的？」

「啊，不，是朱美替我做的。她讀的是設計學校，常常替我做很多東西，只收材料費而已，說是可以當作練習。」

哦，原來她不光是個軍武狂啊！不過這個情報對於彼此無意的兩人而言，似乎已經沒有意義了。

*

「謝謝，我玩得很開心！」

回去時朱美沒忘了向手島道謝，不過手島知道讓她開心的人不是自己，只能苦笑著點頭致意。

「對不起，難得的假日還要你陪我們。」

有季的話變少，應該是因為一心想著等抵達車站和手島告別之後，便要開始對朱美說教之故。

「有季，妳不開心啊？」

朱美也是關心有季的感受，不過有季聽了，卻氣得對助手座上的朱美叫道：

「開心，當然開心啊！」

怎麼可以在好心當嚮導的人面前問這種問題！待會兒這句話鐵定也會加入說教的項目之中。

「朱美一個人玩得很開心，多虧了手島先生陪我！」

「唉呀，別生氣嘛！」

手島在一旁勸架，不過他知道這是她們倆當朋友的相處之道。

手島在車站前讓兩人下車之後，便回到基地了。

回到基地吃完晚餐後，手島在休息室裡休息，有個隊員行色匆匆地衝上前來，原來是與朱美聊得很投機的那個學弟。

「手島學長！」

他和手島階級相同，所以私底下稱呼手島為學長。

「白天的美女！那個叫朱美的是誰啊？」

「哦，她啊？」

面對這個意料之中的問題，手島故意若有所指地賣了個關子。

「別故意刁難我，跟我說嘛！我很喜歡她，只是不知道她是誰，不敢亂追。」

「她是水田少校的女兒……」

話才說出口，學弟便打了個冷顫。對於經驗尚淺的學弟而言，水田少校是個敬而遠之的對象，一聽說是他的女兒，縮得比手島還快。

「……的朋友。」

「啊，真是的，原來是朋友啊～～～～～～」

學弟明顯鬆了口氣。他也未免太老實了。

「她是個自衛隊迷，少校要我今天帶她參觀營區。」

「咦？這麼說來，學長是她的對象啊？」

他倒挺懂得投石問路。

「水田少校是這個意思，不過她對我好像沒興趣，我會跟水田少校說清楚。」

「那學長可不可以幫我和她牽線？」

「哦！」

手島表現出君子成人之美的姿態，其實對他而言是互謀其利。這下子他就有理由聯絡有季了。

「好，等我有空的時候。」

他嘴上故意表現得不怎麼起勁。

「一言為定！一定要幫我喔！」

學弟又叮囑了幾句才離去。此時宮崎來到了手島坐著的破舊沙發旁。

「你無所謂嗎？你們剛才是在談水田少校介紹的女孩吧？」

那微妙的擔心口吻中隱含著「難得有這個機會耶」的關懷之意。

「哦，沒關係啦！她的確是個美女，不過和我似乎合不來。她和那小子聊得很開心，能找到適合她的對象，當然是再好不過了。水田少校本來就是打算讓年輕人自由發展，對象是那小子，少校應該也不會有怨言吧！」

「你人也太好了吧！」

手島在內心回了一句：彼此彼此。看來宮崎是因為自己推薦手島在先，所以相當關心事情的發展。

「那個女孩感覺起來怎麼樣？」

「嗯，軍武迷的女生版，是個大美女。我想她應該是個懂得分辨場合的人，不過相對地，碰上可以放心嬉鬧的場合，她就從頭亢奮到尾，活力旺盛得驚人。」

這番話中也摻雜了不少有季提供的資訊。

「嗯，的確，你比較適合文靜一點的女孩。」

「是啊！如果我和她交往，大概會被耍得團團轉，最後以『對不起』收場。」

「是嗎？真遺憾啊！」

不，其實也沒那麼遺憾啦——不過理由和長官有關，手島不敢隨意洩漏。宮崎並不是個大嘴巴，不過若是不慎傳入水田的耳中，他這個當爸爸的一定會加倍提防。

「我會慢慢尋找適合我的女孩。」

這麼說會不會太故作瀟灑啦？然而宮崎卻真誠地鼓勵手島：「你一定能找到一個好女孩的。」

為了避人耳目，手島選擇在外頭打電話。

台詞他已經練習過好幾次，卻從電波搜訊聲響起的階段便開始緊張了。

「喂？」

電話彼端的聲音顯得頗為詫異，教手島略感萎靡，不過這應該是因為來電的是個不熟悉的號碼之故。他們雖然交換了手機號碼，但畢竟是用手寫的，有季不見得會馬上輸入手機中

（手島當然早已輸入完畢）。

「晚安，抱歉，這麼晚了還打擾妳。」

手島尚未報上名字，有季便聽出他的聲音來了。「啊，是手島先生！」這讓手島相當振奮。

「晚安，今天辛苦妳了。」

「不，手島先生才辛苦呢！」

「現在水田少校……？」

手島不著痕跡地套話，有季表示父親正在晚酌，她則在自己的房裡休息。「要找我爸爸嗎？」有季問道，手島連忙否定。

「其實我是要談朱美小姐的事。今天陪朱美小姐參觀的學弟託我介紹，我看他們聊得很投機，如果妳方便，能不能代為詢問朱美小姐的意願？」

「哦，當然沒問題……」

有季邊說邊笑。

「實際見面的時候，手島先生說起話來比較自在，電話裡的聲音聽起來好僵硬。」

「因為打電話會緊張啊！」

手島放鬆一點說話，但似乎太刻意了，又被電話彼端的有季取笑一番。不過手島的緊張也因此紓緩下來了。

「對了，妳說過朱美小姐是設計學校的學生，妳也是嗎……？」

手島藉著閒聊蒐集情報。

「哦，我是社會新鮮人，老是出錯。」

第一次通電話，聊得太久或許會令對方反感，因此手島一面附和，一面緊盯著手錶。時候差不多了，他便打住了話頭。

「不知道妳什麼時候方便和朱美小姐聯絡……？」

「啊，能等我兩、三天嗎？我會回電給你的。」

「謝謝。」

道別後掛斷電話之前，手島又及時插了句「和妳聊天很開心」，對他而言已經是難能可貴的表現了。

手島和有季又通了幾次電話之後，朱美與學弟開始直接聯絡。他們如起先一般合得來，交往得很順利。

至於居中牽線的兩人則差不多該收兵了。

「朱美和手島先生的學弟開始交往的事，我已經向我爸爸報告過了，結果他居然說：『怎麼，結果手島被人家橫刀奪愛啊？真笨耶！』好過分，明明就是他沒考慮個性合適與否就把手島先生推出來，還說這種話！」

手島與水田之間也有過類似的對話，不同的是水田的說詞更不客氣。

「不，沒關係，我的確很笨。再說……」

能不能洗刷笨名，就看這一著了。

「其實我從一開始就覺得有季小姐比朱美小姐更和我聊得來，相處時也比較自在；如果朱美小姐喜歡我，我反而傷腦筋。」

電話彼端的有季沉默下來。

「如果妳願意……」

有季接過了話頭。

「……跟我爸爸坦白的時機可能不好找。別看他那樣，他很保護女兒的。」

這道帶有共犯味道的聲音讓手島知道自己如願以償了。

＊

手島瞞著長官與長官的女兒交往，有季瞞著父親與父親的部下交往，這種行為充滿了驚險與刺激。

他們做的並不是什麼見不得人的事，卻因為享受這種共犯感覺而一再拖延報告。當然，他們並沒有惡意。

「是不是該說了啊？」

這句話總會定期從兩人口中出現。然而一旦開始實際考慮，一會兒說「要提起這件事有點尷尬」，一會兒又說「不過是交往，還特意報告未免太誇張」，每每為了貪圖些許的安逸而不了了之。

「我的女兒最近一放假就打扮得漂漂亮亮出門去，好像交了男朋友。」

水田感嘆地如此訴說時，手島費了好大的工夫才沒笑出來。

對不起，少校，那個男朋友就是我。

不過手島不能跳過有季自行招認。

「不知道會不會被壞男人騙了？」

見水田是真的滿心憂慮，手島又愧疚又好笑，心中五味雜陳。

「您不用擔心啦！有季小姐是個乖巧的女孩，不會有問題的。再說，她都已經成年，出社會工作了，交男朋友也很正常……」

「你憑什麼理由說這些話啊？」

水田像小孩一樣嘟起嘴巴，一臉不悅。

糟了，我說溜嘴了？

「您介紹朱美小姐給我的時候，我不也一起帶她參觀營區嗎？」

「哦，你被學弟橫刀奪愛的那一次啊？」

「如水田少校誇耀的一般，有季小姐的確是個很棒的女孩，身旁的男人當然不會放過了。不過她那麼乖巧，就算交了男朋友，應該也會循規蹈矩地交往的。」

「那倒是。」

水田立刻換上了笑臉。

事實上，他們的確是循規蹈矩地在交往——現在這個年頭，交往了三個月才接吻的情侶應該不多了。

「對了，手島，你交到女朋友了嗎？如果還沒，我有幾個相親對象可以介紹給你。」

「不用了！」

面對這意料之外的攻擊，手島情急之下一口拒絕，渾身僵硬。

「呃，相親……還是以後再說吧！因為我還不想結婚。」

手島冷汗直流，撒了個謊，水田則擺出好長官的表情笑道：

「等你撐不住了，隨時可以來找我。」

「唉，害我著急了一下。」

下一次約會時，手島在午餐的咖啡廳裡面帶苦笑地道出了這段故事，有季聽了，鼓起了腮幫子。

啊，她生氣的臉和水田少校倒是有點像。

「我爸真是的。」

接著她又抬起眼來瞪著水島。

「岳彥，你拒絕了吧？」

「當然啊！」

手島再度苦笑。

「和長官的女兒偷偷交往可是很需要勇氣的，我不惜冒險也要和妳交往，妳就相信我吧！」

既然敢對長官的女兒下手，手島自然是以結婚為前提；他也對有季聲明過自己不是抱著玩票心態與她交往。

「是！」

有季聳了聳肩，點點頭，臉頰有些泛紅。混帳，真可愛——手島忍不住傻笑起來。

「對了，之前不是說要去旅行？」

有季從包包中拿出幾本旅行雜誌。

自從達成接吻階段之後，他們倆便常說要利用週末來個小旅行。

此時兩人的進展狀況是雖想前進卻又踩煞車。手島當然很想更進一步，但又不願隨便找間賓館了事，因此他口中的「想去旅行」可說是包含了這方面的欲望及期待。

正因為手島抱著這種男人都有的企圖，所以他也不好意思積極計畫，旅行的事總是停留在希望階段。

因此有季拿出旅行雜誌時，他半是高興，半是困惑。咦？真的嗎？可以嗎？他的腦袋裡充滿了這類疑問。

「你的工作很繁重，我們選擇近一點的地方，比較不用趕。」

有季帶來的旅行雜誌全是名古屋的，每本薄薄的冊子裡都夾著便利貼。

「不過名古屋太近了吧？有季，妳應該和朋友去到不想去了吧？」

「就是因為距離半遠不近的，反而沒去過幾次，只有和朋友去聽演唱會或買東西時才去。再說，和心上人第一次去旅行，不管去哪裡都好玩。」

最後這句若無其事的話語讓手島大為感動，如果四下無人，他一定會緊緊抱住有季。

「欸，我想去名古屋港水族館，還想吃鰻魚飯。我查過了，這家風評最好……不過好像得排很久，岳彥，你討厭排隊嗎？」

「沒問題、沒問題。」

只要有季想去，排幾小時都不成問題。整隊、行進是自衛官的看家本領。

手島不著痕跡地確認住宿部分，只見一個小有名氣的飯店上貼著便利貼。

「哦，這間飯店挺高檔的嘛！」

「嗯，光過夜是有點奢侈，不過這是我們第一次一起出去旅行，這裡設備又很齊全，比較方便。」

不行嗎？有季窺探著手島。手島怎麼可能違逆有季的希望？

「岳彥，你有想去的地方嗎？」

「哇，我很不會玩，對觀光地沒什麼研究……」

手島翻了翻導覽手冊，在某頁停了下來。

「啊，這個好！」

上頭介紹的是南極觀測船「富士號」。

「這是海自的船艦。不過這本書的說明有錯。」

「咦？哪裡錯了？」

「上頭不是寫著南極觀測船．碎冰船『富士號』嗎？其實稱為碎冰船的只有初代的『宗谷號』而已，自衛隊都是稱它為碎冰艦，所以這裡的說明應該要寫成南極觀測船．碎冰艦『富士號』才正確。」

有季也一起看著導覽手冊，吃吃地笑了起來。

「你果然也會注意這種細節。」

「其實這是海自的管轄，和我沒關係，無所謂。」

「現在才裝瀟灑也沒用啦！我爸爸和你一樣，一說到自衛隊的事就斤斤計較。」

「我也不是非去不可啦！無所謂。」

手島略顯不快，有季又笑了。

「很遺憾，這裡剛好在我想去的水族館隔壁。港口附近的四個設施好像可以一票玩到底，很划算，我們白天就在這一帶玩吧！」

於是乎，第一次小旅行便在有季的帶領之下結束了第一天行程，兩人來到飯店辦理入住手續。

以白色為基本色調的雙人房飄盪著乾淨的高級感，日常用品也一應俱全。

果然是兩張單人床。手島有點失望，卻又有種鬆了口氣的感覺。他坐在床上，有季一面打開行李，一面說道：

「誰先洗澡？」

洗澡當然是女士優先啊！

「我等一下再洗就行了，妳慢慢洗。」

「謝謝！」

有季拿著浴衣及自己帶來的護膚用品走進了浴室。「哇！好大喔！」興奮的叫聲帶著浴室獨特的回音，感覺上格外性感。正在浴室前的衣櫃掛上衣的手島連忙撤退到床邊。

浴缸放水的強勁水聲響起，不過有季並沒走出浴室來。男人在水放滿之前沒事可幹，不過女人似乎得這段時間內處理完卸妝之類的瑣事。

不久後，水聲停止，手島開始茫然地猜想：啊，她應該開始泡澡了吧！今天累了一天，希望她慢慢泡——想這些念頭的餘裕到了洩水聲及淋浴聲響起之後便消失了。

手島起先並未深思，便往離浴室較近的床鋪躺下，不過——

哇！不妙。

淋浴聲並不單調，可以輕易想像出熱水拍打有季身體的樣子。洗頭髮的聲音和敲打肌膚的水聲音階有著微妙的差異。

手島連忙抱著行李移動到離浴室較遠的床鋪上去，並把有季擱在床上的行李掉換過來。

然而淋浴聲並未因此減小多少，所以他又打開了電視。

「啊，你在看電視啊？」

手島無法直視頭髮濕潤、身穿浴衣的有季，只能含糊地點了點頭。

「你換床啦？」
「啊，對不起，因為這邊看電視比較方便。」
微妙的內疚感加快了他說話的速度。
「謝謝你讓我先洗，浴缸很大，你慢慢洗吧！」
雖然有季這麼說，但手島只洗了十五分鐘便出浴了。有季見狀，吃吃地笑道：
「自衛隊的人為什麼不能慢慢泡澡啊？我爸爸也一樣。」
自衛官的戰鬥澡已經是一種技術了。
「我覺得因人而異……應該要看那個人愛不愛泡澡吧？我覺得我已經洗得很慢了。」
其實是他一想到他和有季在同一個浴室裡洗澡就待不住。
之後他靠著沒關上的電視分散注意力，努力持續著無關緊要的對話。
「明天還有行程，差不多該睡了吧？」
或許是手島看起來已經累了吧，有季在十點過後丟出了毛巾。
他們關掉電燈，只留下腳燈，各自上床就寢，然而手島卻難以成眠。
有季入睡後的鼻息聲一直沒響起。
片刻過後。
「岳彥。」
有季是什麼時候輕聲呼喚自己的，手島已經記不得了。
「你可以過來這邊。」

「咦？可是……」

立刻回答正是自己完全沒睡著的證據，手島不禁暗流冷汗。

「——可以嗎？」

「我不說第二次。」

的確，身為男人，讓女人說兩次這種話未免太窩囊了。

「如果頭一次旅行就訂雙人床套房，好像顯得我很想做那種事，所以我才沒訂。」

有季突然解釋起自己為何預訂單人床雙人房。

手島一直猶豫不決，不知該不該在真正的意義上對長官的女兒下手；這次的旅行可說是有季同意的訊息。不過預訂單人床雙人房是有季的極限。她的個性原本就不太積極，這回已經相當努力了。

「我也不是抱著玩票心態在交往的。」

託輾轉難眠之福，手島的眼睛已經相當習慣黑暗了。

他移到有季的床上，朝著有季僵硬的額頭落下了唇。

*

隔天早上，兩人在被窩裡略帶羞怯地睜開眼睛，輪流沖了個澡。

更衣後去吃自助式早餐時總算克服了羞怯，恢復原本的舉止。

「咦？你早上就吃這麼多？」

「咦？妳早上才吃這麼少？」

比較兩人端回來的餐盤，手島是堆積如山、幾乎已經無法區分的菜餚加上一碗湯，有季則是聊勝於無的程度——大概只要一、兩口就能吃光的荷包蛋和麵包捲，加上一杯紅茶。

「妳不多吃點，對身體不好。我吃完這些以後，還要再拿一盤菜、麵包和飲料咧！」

「不可能！我吃不下！別把我和你相提並論，女生的食量有限。」

「可是妳那也太少了吧！妳可別說每個女生都吃得和妳一樣少。」

「早上我吃不下嘛……」

「那至少喝瓶牛奶吧？我去替妳拿。」

「好吧，那我就多喝一瓶牛奶……」

正當他們交談之際，背後突然有人叫道：

「手島？」

手島愣了一下，回頭一看，站在身後的是宮崎，身邊一樣有位女性相伴，一如往例，又是宮崎最愛的美女。

哇！糟了，被發現了！手島渾身僵硬，宮崎用手肘頂了頂他，輕聲說道：

「喂，你什麼時候交到女朋友啦？看起來不錯嘛！」

「不，呃……」

「一起來住這麼好的飯店，怎麼可能不是女朋友？再裝就不像了喔！」

「不，唔，呃……」

手島拚命想著要如何度過眼前這一關，最後不答反問：

「你自己咧？你身邊的和上次的女人好像不是同一個嘛！」

宮崎一臉焦急地用手摀住手島的嘴。

「不要講出來！上次那個已經分手了，這次這個是我的真命天女。我是利用週末來看婚紗展的。」

「咦？你終於要金盆洗手啦？」

「不要用那種招人誤會的說法行不行啊？還有，先別跟隊上的人說喔！」

宮崎單方面地對手島下封口令，接著又拿出他與生俱來的親暱態度對有季說話。

「早安，我是手島的同事，敝姓宮崎。」

這麼一來，有季也不能不回應。她面帶難色地看了手島一眼，才又朝著宮崎輕輕點頭致意。

「我叫水田有季，你好。」

聽了名字，宮崎張大了口，接著用手臂圈住手島的脖子，將他拉到一旁。

「雖然我知道不可能，不過還是確認一下……」

「就是你說的不可能。她是水田少校的女兒。」

手島自暴自棄地回答。

「咦？那你們是從上次介紹以後就開始交往的？」

「嗯，我和她的朋友不合，不過和她很合。這不是常有的事嗎？」
明明沒必要，宮崎卻壓低了聲量。
「水田少校知道這件事嗎？」
「不知道，我沒說。我哪說得出口啊！」
「也對啦！拒絕女兒的朋友，卻把女兒拐走了，怎麼說得出口呢？」
「我沒拒絕朱美小姐！是朱美小姐根本沒把我看在眼裡！再說我沒拐有季，我們是兩情相悅，兩情相悅！」
「對父親而言，意思就和拐差不多。他本來只是想介紹女兒的朋友給部下，沒想到部下居然和女兒交往起來了。想招認也挺難的啊！」
「所以我才煩惱啊！」
手島滿臉不快，宮崎則直接了當地問道：
「你是以結婚為前提？」
「我的神經沒那麼大條，敢用玩票心態和長官的女兒交往。」
宮崎突然拍了拍手島的肩膀。
「那我就替你加油啦！加油！」
說著，宮崎揮了揮手，轉身離去。此時有季突然面色凝重地起身向他說道：
「宮崎先生！呃……」
「什麼事？」

「能不能請你先別告訴我爸爸？我會再找適當的時機跟他說的。」
宮崎笑著點了點頭。
「當然沒問題。」
宮崎的女友——或該說未婚妻向手島與有季點頭致意之後，便與宮崎一同離去了。
手島依約去替有季拿了瓶牛奶來（不過他自己已經失去了再吃一盤的胃口），在有季的對面坐下。
「妳放心，別看他那副模樣，他口風很緊，人也挺好的。」
有季總算鬆了口氣，露出笑容。

*

過了約三個月，宮崎舉行了婚禮。
水田與手島當然也在邀請之列，其中水田將以長官的身分上台致詞。自衛官的長官致詞無論由誰來說，都少不了以下這段話。
「兩個人共組家庭，一定會有意見衝突的時候；不過請新娘美奈子小姐無論前一晚吵得多麼厲害，隔天早上也一定要帶著笑臉送宮崎出門。我們當自衛官的不知什麼時候會碰上什麼狀況，為防發生萬一之時雙方留下遺憾，吵架請別延續到隔天。這是身為自衛官及新郎長官的我務必要拜託新娘的一件事。」

水田深深地低下了頭，新娘也跟著起身，深深地低頭回應。見了這副光景，所有賓客都自然而然地拍起手來。

新婚的宮崎不再拈花惹草，過著幸福的結婚生活。

「如果你開始羨慕宮崎了，就來找我，我有一堆相親對象可以介紹給你。」

水田的雞婆頻率愈來愈高，似乎是因為宮崎一找到機會便推銷手島之故。手島雖然感謝他的好心，但對於效果卻只能苦笑。

「唔，我本來以為順利的話，說不定他會說：『我把我女兒介紹給他。』要不要我做得更明顯一點啊？跟他說：『對了，水田少校，我聽說您有一個條件很好的女兒。』」

面對宮崎的提議，手島笑著揮了揮手。

「不用啦！我總覺得會弄巧成拙。」

＊

就這麼過了兩年，手島已經二十七歲，成了中尉。

然後——

為什麼我得目睹這種悲劇？

設置在機庫的法事會場，高掛於白菊之中的黑色相框裡放著宮崎的照片。一般情況下，都會選用穿著制服的照片；但這回在遺孀的要求之下，換上了別種照片。

請用最有他的風格的相片。

遺孀選中的是宮崎穿著平時的飛行裝，髮型略塌，開朗大笑的照片。

身穿喪服的遺孀把還不懂人事的兩個孩子分別寄放在雙方的雙親家，向前來致意的隊員們回禮。她雖然忍著眼淚，但淚水依然不住地滑落，只得頻頻以白手帕拭淚。

才不過短短兩年，你還真講效率啊！每次只要一調侃宮崎一年生一個，宮崎總會露出靦腆的笑容。

那是一場因引擎故障而發生的意外。為了避免一般住宅受波及，宮崎勉強將飛機開回營區；到了營區之後，宮崎操縱的ＵＨ６０ＪＡ就像氣力耗盡一般摔落地面，機體因螺旋槳空轉而劇烈彈跳，等到它終於像條死魚一樣橫躺在地時，手島等人連忙奔上前去，只見同機的隊員身負重傷，宮崎則是一看就知道已經沒命了。

宮崎！

手島忍不住要去搖晃宮崎，水田制止了他。

住手！說不定還有希望！

希望——獲救的希望嗎？水田顯然也不相信自己的指示。他那怒號彷彿是將最後一縷希望寄託在神身上——如果世上真的有神。

——然而神並不在他們身邊。

開朗、活潑、重義氣，直到最後都還掛念著手島與有季的同事，就這麼去了直升機和戰機都到不了的地方。

把最愛的家人留在地上。

水田一面觀看葬禮進行，一面忍著淚水，從咬緊的牙縫裡擠出聲音。

絕對。

我絕對不讓自己的女兒受這種苦。

手島。手島，我啊……

手島只是正好在水田身邊，所以成了水田傾訴的對象。

不過這句話卻化為一根巨大的釘子，貫穿了手島。

我和令嬡正在交往。

爸，我和手島先生正在交往。

什麼時候說？由誰開口？

一面商量著如何坦白，卻又因尷尬與頑皮心而無法下定決心的兩年。

手島總覺得老天是為了懲罰他們逃避了兩年，才奪走宮崎。

＊

「我們分手吧！」

手島之所以採取這種提議式語氣，是因為這麼做非他所願。

咖啡館中，坐在對側的有季並沒事先和手島商量過，便穿了一身黑色衣服前來。這一天是他們在宮崎葬禮結束後頭一次見面。

手島多麼深愛她的體貼與細心，卻不得不提出這種要求。

有季驚愕地凝視著手島。

「——為什麼？」

「對不起。」

他們彼此都知道手島為何提分手，也知道手島為何不說理由。

「……沒有為什麼。」

手島心知肚明，卻仍試著打馬虎眼。

然而有季並不打馬虎眼。

「因為宮崎先生過世了？」

有季直率地，卻又猶如責備手島似地抓住他的手。

「因為我們直到宮崎先生過世，都還開不了口告訴爸爸我們在交往？然後我爸爸每晚在家裡藉酒消愁時，總是喃喃說著『我絕不讓我的女兒受那種苦』？我想他在葬禮上也對你說過同樣的話吧？」

有季目不轉睛地瞪著手島。向來文靜內向的她頭一次露出這種扎人的目光。

「過去一直逃避問題，瞞著我爸爸交往了兩年的是我們。就算在這段期間裡一直替我們加油的宮崎先生過世了，我們也沒資格感到愧疚。他不是為了我們而死的。如果你以為宮崎先生過世，是上天在懲罰我們逃避問題，那你就太自以為是了。宮崎先生過世，最難過、最痛苦的是他的家人，現在居然連我們分手的理由都要推到宮崎先生頭上去？我們有那麼了不起嗎？」

這番滔滔不絕的話語句句打擊著手島。

然而手島發現了。有季握著裝了水的精美玻璃杯的雙手微微地顫抖著。

「如果你只是想分手，並沒有特別的理由，那就分手吧！我會當作你對我的感情只到沒理由就想分手的程度。不過拜託你千萬別把宮崎先生當理由，我不希望自己愛上的岳彥居然是這種人。」

說著，有季站了起來。手島默默無語。

手島沒資格叫住她。有季與端午餐來的店員擦身而過，店員見狀，一臉訝異地將兩個餐盤放下之後才離去。

料理冒著熱氣，看來甚是美味，但手島食不下咽，只戳了幾下。冷掉的午餐變得比隊員餐廳的難吃飯菜還不如。

最後，手島在兩個餐盤幾乎都沒動到的狀態之下前去結帳，但櫃台人員卻告訴他帳已經結清了。

或許我該追上去的。在店員微妙的憐憫視線之下，手島走出了咖啡館。

對不起，我居然害妳說出那種話。

我會當作你對我的感情只有沒理由就想分手的程度。

在妳重複這句話之後，我才知道自己說的話有多麼過分。

我從來不曾抱著這種心態與妳交往。

然而當天無論手島如何撥打有季的手機，有季都沒接電話。當然啊！我傷她那麼深，說了那種被拋棄也是理所當然的鬼話。

手島傳了好幾封簡訊，不知道有季究竟有無觀看，完全沒有反應。是手島用那種不乾不脆的態度提出分手在先，他沒資格怨有季。

這麼窩囊的我要如何爭取和她說話的機會？

我會當作你對我的感情只有沒理由就想分手的程度。害心上人說出這種話的我，到底該怎麼做？

左思右想，反覆尋思之後——他只想得出一個辦法。

＊

手島選擇在宮崎頭七過後三週行動。

降旗典禮結束後，手島走向水田的座位。

「水田少校，我有一個個人的請求。」

手島一面敬禮，一面開口說道。水田一臉訝異地抬頭望著他。

「怎麼啦？難得你的表情這麼陰沉。」

是嗎？原來我現在的表情很陰沉啊！

不過這種表情馬上就會轉移到您身上。

「請介紹令嬡有季小姐給我認識。」

轉眼間——水田沉下了臉。果然如手島所料。

「別鬧了！」

聽了這突然的怒吼，留下來的隊員紛紛探出頭來，想知道發生了什麼事。

「我絕不讓自己的女兒受那種苦！」

「我不見得會讓有季小姐嘗到同樣的痛苦。」

「幹這一行的根本無法保證！」

「我會全力以赴。雖然我只能盡力而為，但我會盡我全部的力量。我認為宮崎應該也一樣。」

「不行！你拜託我其他事都沒問題，就是這件事不行！」

手島早料到水田會這麼說，因此毫不猶豫地火上加油。

「其實我和有季小姐已經在交往了。前一陣子我們大吵一架，我不敢斷言她現在的想法依然和我一樣；不過至少在吵架之前，我們是以結婚為前提在交往的。」

「以結婚為前提……？」

水田錯愕地張大嘴巴。

接著他的臉在轉眼間漲得通紅。

「你這混小子……什麼時候開始的？」

「大約兩年前，您介紹朱美小姐給我的時候。雖然朱美小姐看不上我，不過有季小姐和我卻很合得來。」

「混小子，敢拐我的女兒……！」

水田恨得咬牙切齒，突然又回過神來大聲問道：

「你們發展到哪裡了？」

「我剛才說過，我們是以結婚為前提交往的。有季小姐已經把她的全部都交給我了。」

這就是水田的導火線燒盡的瞬間。

水田一面脫掉制服上衣，一面吼道：

「你跟我出來！」

「——了解。」

手島也脫下夾克，兩人撥開膨脹的圍觀人群，走出了辦公廳舍。

門前的草坪便是決鬥場。如果在水泥地或柏油路上打架，或許會造成致命傷。

「手島！」

隨著一道怒號，手島的臉頰挨了強烈的一拳。手島原本就打算無條件挨他第一拳，算是自己偷偷摸摸與他的掌上明珠交往兩年的懲罰。

不過這一拳實在極為強烈，完全不像是出於一個父執輩之手，不愧是自衛官。手島的口中已經滲著血味。

這一下他倒還撐得住。這不是訓練，只是打架，沒有規則。既然如此，他應該有勝算。

「如果我贏了，您肯讓我見有季小姐嗎？」

「那也要先看你贏不贏得了，小兔崽子！」

手島閃過水田的第二拳，並以其人之道還治其人之身，朝水田的臉頰揮出一拳。

唔！水田呻吟一聲，站穩了腳步。

「你的拳頭變得挺硬的嘛！」

「因為我的直屬長官是您。」

周圍早已一傳十、十傳百，開始賭起誰輸誰贏來了。說來好笑，甚至連長官都參了一腳。

手腳長度是手島佔上風，在站著打鬥的狀態之下，手島打中的次數居多。他們兩個都是對準臉打，鼻血開始流出，血花濺到了彼此的襯衫上。

「失禮了！」

手腳長也是條件之一。是水田找手島打架的，手島自然也不客氣了。

「唔！」

水田摀著眼睛，往後退了幾步。他們同樣身為駕駛員，不打眼睛是共通的默契，但不幸的是，水田的閃躲與手島的攻擊都往反方向偏了一些。

水田左眼的濃眉上多了一道傷痕，血流進了左眼，教他只能瞇著眼睛。

手島微微放下拳頭。

「我不會道歉，不過我們還是別打了吧！如果眼睛周圍受了更多的傷……」

「別小看我，兔崽子！」

隨著怒號聲，水田以媲美九〇式戰車的貫穿力衝上前來。

糟了！

手島試圖穩住腳步，但他哪擋得住壓低身子衝向腳邊的水田？一下子就被撞得往後倒。

在地上打對手島不利，因為對手可是柔道三段的高手。

「媽的！」

手島奮力掙扎，使勁往水田肩膀架了幾記拐子，但那肌肉已化為鎧甲的肩膀根本文風不動。

「手島！加油！」

「隊長！扁他！」

圍觀群眾根本是幸災樂禍。

手島抵擋一陣之後，終於被抓住了。水田對他施以三角勒。

「和有季分手！」

「不要！」

「你不怕我折斷你的手啊！」

其實在劇痛折磨之下，手島連出聲都很難；他不知道自己的聲音究竟有無成聲。

即使如此，手島仍然叫道：

「除非有季當面說要跟我分手，不然我絕不分手！」

他覺得自己似乎叫了好幾次：「讓我見有季！」

我喜歡有季──我喜歡她我喜歡她我喜歡她！別妨礙我！

到底有幾句成功喊出聲來，意識朦朧的手島無從得知。

當手島回過神來之時，他的手臂已經被放開了。

他恍神了好一陣子，甚至沒發現自己的手臂已經自由了。夜空在頭頂上攤開來，星星開始閃爍。

水田盤坐在手島附近，縮著背背向他。

他以不快的聲音說道：

「總不能真的折斷你的手吧！」

快點投降，混帳！水田又恨恨說道，手島回答：

「不要。」

「你還真是個一板一眼的男人啊——就像宮崎說的一樣，可恨至極。」

回去吧！水田抓住手島的手拉他起身。水田拉的是剛才勒住的手，鐵定是故意的。手島一面慘叫，一面想道。

「有季！有客人！」

水田在玄關叫道，不一會兒，隨著一陣奔下樓梯的輕快腳步聲，有季現身了。離上一次見面已經過了兩週，總算走到這一步了。手島暗自鬆了口氣。

有季一見到父親身後的手島，便大聲尖叫。

「討厭，為什麼？」

有季連忙拉攏和服外套，蓋住上衣。不過些微時間，手島便看清她外套底下穿的是樸素的汗衫，腳下則是粗毛線編成、歐巴桑在穿的毛襪。

「討厭，我去換件衣服！」

有季又要上樓去，手島連忙叫住她。

「沒關係，穿這樣就好。這樣也很可愛。」

「別在我面前對我女兒說這麼噁心的台詞！」

水田又凶神惡煞地對著手島怒吼，接著便快步走入屋內。

有季臉上略帶顧慮之色，但還是一步步地走向手島。

「你的臉怎麼了？我爸爸也是。」

「我們打了一架。我求他讓我見妳，而他堅持不答應。」

「咦？那……」

有季的表情皺了起來，似乎快哭了。手島回答：

「我告訴他，我們從兩年前就開始交往了，而且是以結婚為前提。」

有季的淚腺潰堤了。

「上次真的很抱歉，我不會再拿宮崎當理由了。少校也問我能不能保証不讓妳受同樣的苦，我說我會全力以赴。雖然我能做的只有努力，不過我會盡我所能，不管出哪種任務都活著回來。不知道現在請妳原諒我，還來不來得及？」

有季的雙臂圈住了手島的脖子，手島也緊緊抱住有季回應。

「……爸爸他……」

有季哭著說道：

「突然說晚餐要吃火鍋，所以我剛才去買材料……」

「嗯。」

「原來是因為他要帶你過來。爸爸已經允許我們交往了，對吧？岳彥，你把我們的事跟爸爸說了。」

我爸爸很厲害吧？有季慰勞道，手島也點了點頭。

「很厲害，但是不過他那一關就見不了妳。再說我雖然鼻青臉腫，少校的臉也沒好到哪兒去啊！」

此時，屋內又傳來水田的怒吼聲。

「混小子，別在那個地方和我女兒打情罵俏！」

「我就是想在這裡打情罵俏，有什麼關係！」

有季毅然回嘴，水田只得垂頭喪氣地退回房裡。手島又學會了一件有益將來的事：水田少校似乎拿女兒沒輒。

*

過了半年後，手島與有季在宮崎舉辦婚禮的那間飯店舉行了婚禮。

他們在朋友席上放了宮崎的照片，替他留個位置，以盡邀請他的心意。

而手島又從長官的口中聽到了與宮崎結婚時相同的致詞。

「新娘有季小姐，無論前一晚和手島吵得多麼厲害，隔天早上請妳務必帶著笑容送他出門。因為……」

不是以長官，而是以父親身分出席婚禮的水田哭得不成人形。

家屬致詞時，他就已經涕淚縱橫了；等到有季獻花，他更是放聲大哭，以號泣兩字形容也不為過。
「交給你了。」
水田一面哭泣，一面勒住手島的衣領。
「交給我吧！」
手島點了點頭，與有季相視而笑。

Fin.

Dandy Lion

～今昔戀愛物語今日篇

Dandy Lion

＊

○矢部千尋篇

分發到朝霞營區通信大隊的矢部千尋是從照片得知他的存在。

她前往營區旁的自衛隊公關中心辦理事務時，入口大廳正好在舉辦照片展。

展示的是當年度的三軍大演習照片。

她等候行政人員處理她的文件之時，閒著沒事幹，便漫不經心地看起展覽來了。

每張照片都抓住了重點，拍攝角度也很好。九〇式戰車於滑行之中發射的砲彈曳著火焰，滑行後的塵土彷彿要撲到觀賞者的臉上來了。即將除役的七四式戰車並排射擊，砲塔一齊開火的時機也捉得恰到好處。

真厲害。千尋一面讚嘆，一面漫步於展示架前，突然停下了腳步。

「哇……」

那是第一空降團的跳傘照片。空降隊員著地之後迅速折疊降落傘的樣子被用特寫拍下。

彷彿連緊張感都從過去被擷取了下來一般。

仔細一看，每隔幾張裝備品照片，就會混上一張這類照片——壯觀的演習背後，自衛官滿臉泥土、汗流浹背，全神貫注地使用裝備的身影。

千尋喜歡這些照片給人的感覺。

觀賞三軍大演習的百姓多半只對裝備品感興趣，無論陸海空皆然。所以為了招攬客人——雖然這麼說不太好聽——公關總是把重點放在如何將裝備品拍得盡善盡美。

攝影師在裝備品照片中加入這些照片的用心，讓千尋感到十分佩服。

每當有不肖隊員闖禍，或是整個組織捅漏子時，外界對於自衛隊的批判總是非常嚴苛。身為保家衛國的部隊，當然得受到嚴格的檢驗；不過這些真誠的照片卻能顯現出每個隊員努力受訓、認真執勤的面貌——這不是強硬的主張，而是一種柔性的訴求。

或許是因為千尋的爸爸也常在攝影雜誌上投稿，千尋不由得好奇攝影師是誰。

攝影師的名字放在展示板最後因照片不足而空出來的部分，小小地寫在角落上。

『陸上自衛隊公關：吉敷一馬中士』

吉敷中士啊！

千尋漫不經心地記住了這個名字。和防大畢業、以少尉分發的千尋相比，這個人的官階低了三級。

如果是從基層做起的自衛官，或許已經是個中年人了，所以才能拍出這種觀點的照片。

正當千尋暗自尋思之際，行政人員已經處理好文件，她便返回營區了。

說來意外，千尋第二次見到這個名字時，居然是在家裡。那是發生在那一年年假期間回家時的事。

客廳依然擺著幾期父親持續投稿的攝影雜誌，千尋躺在沙發上，順手拿起其中一本來看。

不知道爸爸有沒有入選？千尋對攝影向來沒興趣，所以一口氣翻到了每月例行攝影比賽的那一頁。

那個月刊載的是某個大規模比賽的得獎名單，千尋不由得苦笑：看來是沒有爸爸出場的機會了。

*

特優獎並未從缺，照片大大地印在上頭。

題名為「Dandy Lion」。

攝影主題是穿透柏油發芽的蒲公英。它們在人來人往之處探出頭來，茂盛的葉子上有著足跡及自行車胎印，其中幾株的莖部斷得亂七八糟。

然而即使莖斷了，趴在地上，黃色的花朵依然面向天空，有些花朵甚至已經化為棉帽狀，等著四處飛散。

正如同擁有不屈鬥志的高傲獅子一般。

這張照片捕捉到了種子乘風飛去的那一瞬間。照片拍攝的高度與花朵相同，彷彿對蒲公英表示著敬意一般。看來攝影者為了將視線對準被踐踏的花朵，特地趴在地上拍攝。

這張照片不如其他入選作品華美，但攝影者選擇的主題所具備的力量卻足以壓倒其他美麗與鄉愁。

攝影者似乎是比賽的常客，評語欄上寫著一行讚賞的文字：「這位作者最大的魅力，就在於那不工整的潦草感。又是一張難得的傑作。」

千尋最後看了印在題名之後的作者資訊一眼。

「咦——————！」

她老大不客氣地大叫起來。

吉敷一馬（27）公務員

職業令她確信，錯不了——是那個吉敷一馬。自衛官在工作之外向來以公務員自稱。

「難得妳會看這個，妳是什麼時候開始對照片產生興趣的啊？」

父親大概是聽到了千尋的聲音，從書齋走了出來。

「啊，爸，你知道這個人嗎？」

千尋將照片拿給父親看，父親點了點頭。

「這個人常在各大攝影雜誌的比賽上得獎。說來不甘心，他拍出來的照片真的很棒。」

父親的照片就算是外行人也看得出來，只是沒本事又一頭熱而已。說什麼不甘心，其實他和人家根本沒得比。

「那張照片怎麼了？」

「咦？沒什麼……只是覺得奇怪，這種照片怎麼會得特優？你看，第二名的不是比較漂亮嗎？」

千尋並沒說出她可能認識這個人，反而隨便找個答案搪塞過去。她也不明白自己為何這麼做；勉強找個理由，或許就像——撿到寶物之後連忙藏起來的心理一樣。

「妳居然看不出這個作品的過人之處，眼光還有待加強。這張照片擁有其他作品缺乏的主題性……」

父親開始滔滔不絕地解說起來，顯然是把評語整個背起來了。

嗯——我懂，這張照片和其他作品的水準截然不同，就連完全不懂攝影的我也不由得被它吸引。

「Dandy Lion」——它一定還有另一個隱藏起來的題名。千尋覺得自己似乎知道。

話說回來——千尋一面漫不經心地聽著父親解說，一面出神地看著照片。

本來以為吉敷一馬是個從基層做起的中年自衛官，所以才懂得拍攝演習背後的另一面。

沒想到他只比千尋大三歲，才二十七歲。

不知道他是個怎麼樣的人？千尋對他產生極大的興趣。

父親的解說仍然滔滔不絕地持續著。

＊

千尋是個行動派——有點過火的行動派。

年假結束，千尋一回到朝霞營區，就開始尋找吉敷一馬。

手上的線索有姓名、階級和照片。

向朝霞公關中心詢問照片展事宜之後，立刻就打聽出來了。吉敷同屬朝霞營區，擔任公關陸士，同時亦是東部方面軍的隊報《東方報》的攝影記者。

知道他的單位之後，就想看看他的廬山真面目。

千尋在公關部附近埋伏數天，總算發現了一個疑似吉敷的人物。那是個個子很高、披頭散髮的青年，感覺上像是懶得去理髮，任由頭髮生長，所以才變成那種髮型；看起來似乎是個對打扮毫無興趣的人。

雖然他的髮型很隨便，但看上去依然不差，可見只要他有心打扮，應該會顯得更帥才是。千尋可以想像出他的性格。長官對他說：「你的頭髮也該理一理了吧！」他便會乖乖去理髮；不過由於完全不講究髮型，理髮師問他想怎麼剪時，他只會回答：「隨便，整理起來不麻煩就好了。」

那一天，疑似吉敷中士的人物拿了一捲底片給另一個隊員；另一個隊員是個有點年紀的上尉，不知何故，穿著空自制服。

「抱歉，每次都麻煩你。」

「沒關係，我也佔到了好位置。」

躲在一旁聽到疑似吉敷中士之人的聲音之後，千尋整個跌坐下來。疑似吉敷中士之人的聲音略為嘶啞低沉，他似乎是個沉默寡言的人，千尋埋伏了兩個星期，這回好不容易才聽見他的聲音。

如果他用這種聲音在我耳邊說話，我鐵定會軟腳！當然，這只是千尋的個人喜好問題。千尋拚命豎起耳朵，想多聽聽他的聲音，無奈疑似吉敷中士之人用千尋聽不見的音量道別之後，便回到公關部裡了。

空自上尉沒發現千尋，逕自下了辦公廳舍的樓梯。千尋不管三七二十一，立刻追上那位上尉。

「呃，對不起！」

「唔？」

上尉轉過頭來，仰望著千尋，千尋連忙跑到下方的平台上，以仰望上尉的角度敬了個禮。

「不知道能不能請教您一個問題！」

「什麼事？」

見千尋發問時興沖沖的神態，上尉一面笑著，一面同意，並走到樓梯間的平台上來。

「請問一下，剛才吉敷中士給您底片……」

上尉沒有糾正她，疑似吉敷中士的疑似兩字可以去掉了。

「為何吉敷中士要交底片給空自？」

「哦，這個啊！」

空自上尉又笑了。

「我是百里基地的公關，底下攝影師的技術還不夠好。」

舉辦主要的基地祭或軍營祭時，無論是陸海空哪個部門，都會有公關人員前往採訪。說到百里基地祭，乃是關東圈內規模最大、最能吸引民眾參觀的活動。

「空自唯一能用F－15側飛的駕駛員要退役了，去年百里基地祭的壓軸戲碼，就是他在跑道上表演的超低空側飛。」

千尋對飛行雖然沒研究，卻也知道側飛是什麼。側飛是種主翼與地面完全垂直的花式飛行，在跑道上進行超低空側飛，可以想像得出機翼幾乎劃破地面的畫面有多麼精采。

「當時駕駛員大概是想服務觀眾，表演了兩次側飛。現在要製作紀念看板來展覽，可是我們的攝影師居然兩次都沒把F－15完全收進畫面裡，第一次是機翼被切掉，第二次是機首被切掉，民間的航空雜誌照得還比較好。我們百里基地才是總店，展覽出來的照片卻比一般雜誌還不如，能看嗎？」

千尋很明白這種心情。那位駕駛員的名氣大得連她都聽過，退役紀念的側飛照片居然輸給一般雜誌，當然懊惱不已了。

「我找遍空自，找不到一張像樣的，後來才想到吉敷中士。妳也知道他的本事吧？」

上尉徵求千尋的贊同。其實千尋並不清楚，不過還是裝出了解的樣子，點了點頭。

「我猜他應該也有來百里採訪，一問之下，果然沒錯。他的照片實在太完美啦！不但構圖魄力滿分，而且不光是沒切到機體的特寫，就連駕駛員坐在座艙裡的特寫也一應俱全！」

這固然是因為側飛時間夠長，不過再長也不超過幾十秒。能在這麼短的時間之內變換焦距，拍下駕駛員特寫，實在太厲害了。

「而且還有好幾張照片是用長鏡頭拍的。」

「不會吧？」

千尋忍不住大叫，之後才連忙改口問道：「他是怎麼做到的？」

吉敷只有一個人，要如何在專心拍攝特寫照片之際，又另行拍攝長鏡頭照片？

「他說他看到飛機完成第一次側飛後在上空迴旋的姿勢，就猜到駕駛員會從反方向再來一次，所以才在飛機下降之前改變光圈，第二次就用長鏡頭連拍。」

「好厲害……」

「當然，他的照片比任何一本航空雜誌的都還要有魄力，所以我才拜託他通融一下，借我底片。」

簡直是妖怪。

「真厲害……」

「就我所知，他是自衛隊裡最高明的攝影師。我真的很羨慕《東方報》，能擁有他這種人才。像他這樣的人才正是快過音速的空自不可或缺的啊！」
上尉萬分遺憾地搖搖頭，突然又轉向千尋。
「妳是他的女朋友，怎麼會不知道這些事？」
面對這個意想不到的問題，千尋的心臟猛然一跳。
「不、不是！我不是女朋友！只是對吉敷中士的照片感興趣……」
她抬起眼來看著個性看來頗為開明的空自上尉。
「我接下來才要展開攻勢，所以今天的事請您別說出去。」
上尉忍不住笑了出來，留下一個了解的手勢之後便離去了。

千尋已經想好攀談用的話題了。
她趁著休息時間吉敷獨自在外的時候找他說話。
「打擾一下。」
她向坐在草皮上喝著瓶裝日本茶的吉敷說道。吉敷一臉訝異地仰望千尋，見了她領口上的階級章後，便敬了個禮。
「有什麼事嗎……？」
「啊，不用敬禮，我是為了私事來找你的。可以坐你旁邊嗎？」
「啊，請……」
吉敷依舊滿臉詫異，臉上寫著：防大出身的菁英女少尉找我有什麼事？以千尋的年紀，如果不是防大畢業，不可能當少尉。

千尋不會為了這點小事打退堂鼓。

「你好，我叫矢部千尋，如你所想，是防大出身的菜鳥少尉。你是吉敷一馬先生吧？」

「嗯……」

吉敷活像野生動物似地保持戒心，千尋則毫無預警地投下炸彈。

「我看過你的『Dandy Lion』了。」

吉敷瞪大眼睛，臉頰轉眼間變得通紅。

＊

○吉敷一馬篇

自稱矢部千尋的女人居然一語道破了吉敷不為人知的秘密。

「我看過你的『Dandy Lion』了。」

他知道自己的臉頰開始發燙。

「為、什麼，什麼時候……」

吉敷太過混亂，竟然結巴起來了。他從沒告訴別人投稿雜誌之事。吉敷身邊並沒有喜歡攝影到購買雜誌的人，所以應該無人知道此事。

相貌可愛的女人笑著回答：

「我爸爸也喜歡照相，不過他和你不一樣，只是外行人一頭熱而已。去年年底放假，我回家時，偶然看到雜誌上刊登著你的照片。」

直到此時，吉敷才猛然回神，撇開了臉。這個女人提出的話題確實是私事——非常個人的私事。既然是私事，縱使她的階級在自己之上，也沒義務回答她。

「我雖然不懂攝影，但是覺得那張照片拍得很棒。」

「那又怎麼樣？」

吉敷維持在近乎無禮的邊界，冷淡回答。

「我看了那本雜誌以後，才知道你的年齡。沒想到你這麼年輕，我好驚訝喔！」

這麼說來，這個女人在看雜誌之前就已經知道我了？到底是怎麼回事啊！吉敷的腦袋一片混亂，只能保持沉默。他想追問的事多如繁星，但是他不擅言詞，不知從何問起。

「去年公關中心不是舉辦了三軍大演習的照片展覽嗎？我就是在那個時候偶然得知你的名字。裝備品的照片拍得很好，不過我更喜歡夾雜其中的自衛官照片，將自衛官努力受訓的模樣呈現於觀賞者眼前——我看到想出這種排列方法的人是中士，本來還以為是從基層起步而且有點年紀的自衛官呢！現在想想，是有點失禮。」

吉敷知道自己該道謝，但他不想道謝。這個女人是頭一個發現他用心想出的排列方式的人——至少是頭一個來向他表示的人。

會跑到朝霞公關中心觀賞照片的軍武迷大多只對裝備品照片有興趣，但是吉敷希望他們也能看看運用這些裝備的人。

他當然希望有人能夠注意到他的用心，但他萬萬沒想到居然會是這個女人——基層自衛官最厭惡的防大出身菁英。

「我看到『Dandy Lion』時，也和三軍大演習展覽時一樣感動。我想那張照片裡蘊含的精神應該是——」

別說了。

如果讓這個女人說中——如果被她說中，我……

「『不屈』吧？」

混帳。吉敷不由得反彈。

「我沒給『Dandy Lion』加任何副標，請別胡亂想像。」

吉敷自己也知道不妙。就算不管對方的階級高於自己，她可是個女人，這句話說得太重了。

如果弄哭她可就麻煩了——吉敷想道，偷偷窺探千尋的表情。

千尋只是一臉平靜地直視著他。

「那你為什麼參加比賽？我爸爸說你常參加比賽。如果你不希望看到照片的人有任何感想，你根本不必投稿啊！」

「那是我的自由。」

「我看了你的照片以後覺得感動，也是我的自由。這是我的感想，就算和你的想法不同，你也沒權利教我別想。」
吉敷的臉又熱了起來。
「我也沒義務聽妳的感想！」
吉敷已經把階級之別完全拋諸於腦後，他撂下這句話後，便站了起來。
「我不可以喜歡你的照片嗎？」
吉敷無法回答這道從背後追趕而來的問題。

回到公關部，吉敷漫不經心地走到窗邊，俯視下方的草皮。
他多希望千尋已經走了，但千尋還坐在草皮上。她垂著頭，視線落在自己伸長的腳上。她的肩膀也低垂著，雖然不知是不是在哭，但可以確定她相當沮喪。唯有這種時候，吉敷才會怨恨自己拍照培養出的觀察力。
吉敷別開視線，離開了窗邊。

*

千尋的事如同小小的棘刺一般梗在心頭，就這麼經過了數天。
某天操課後，吉敷在辦公廳舍的玄關遇見了千尋。
「啊……」

吉敷不知該說什麼才好，愣在原地。面對前幾天差點被他弄哭的女人，而且階級還在他之上——誰來教他如何反應？

然而千尋先露出了笑容，就和初次見面那一天一樣。

「好巧。」

「嗯……」

「騙你的。」

「啊？」

「其實我一直在這裡等你出來。我是通信大隊的，辦公廳舍和你不同。」

吉敷開始覺得他根本用不著跟這個女人客氣。

「有什麼事嗎？」

「吉敷先生，如果你有時間，我想邀你一起喝咖啡。」

「如果是命令我就遵從。」

吉敷回答——糟了，看來基本的客套仍是必要的。

千尋露出了大受傷害的表情。

「如果是命令，我就不會叫你吉敷先生了。」

吉敷明明知道，卻故意這麼說。前幾天見面時，千尋也沒用階級稱呼過吉敷。她的階級在吉敷之上，但始終用敬語說話，就連最後那句話亦不例外——我真是太差勁了。

「之前我好像用錯方法，所以才想試著挽救看看……看來是沒救了。我回去了。」

千尋朝著階級比自己低三級的吉敷低下了頭。

對不起，該低頭道歉的是我。

虧妳特地來告訴我妳喜歡我的照片。

我一直希望能夠透過照片來傳達我的心意，但我以為我的照片沒有那種力量，無法引起任何人的共鳴。

所以產生共鳴的人突然出現時，我大為動搖。

因為太過動搖，居然毫不留情地把滿腔慌亂發洩在小我三歲的女人身上。我是小孩嗎？

幾個公關部的同事與學長吵吵鬧鬧地走下樓梯。

「哦？怎麼？吉敷，你把女生弄哭啦！」

「你這個壞人！」「喂，人家階級比你高耶！居然要人家跟你低頭？」

吉敷不習慣這類調侃，全身變得更僵硬了。

請安靜，我現在得向這個人道歉。

「不是啦！」

低著頭的千尋用袖子擦拭臉龐之後，抬起頭來。此時她的臉上已經掛著笑容，只是鼻頭有點紅。

「我向他表白，被他拒絕而已。戀愛和階級沒關係吧？我好像不是他喜歡的類型，還是別死纏爛打，快點撤退吧！」

千尋半開玩笑地說道，向下樓來的一幫人點頭致意之後，才轉身離去。

「哇！你拒絕她？好可惜喔！長得挺可愛的耶！」

周圍的調侃，吉敷完全沒聽進去。

現在。

如果現在追上去拉她回身，一定會看見她在哭泣。強忍著奔跑衝動的步調，腰桿打得格外筆直的背影。

那正是哭泣的背影。

「現在去追還來得及喔！」

弟兄們戳了戳他，但他的性格不容他乖乖照辦。

「表白是開玩笑，她只是跟我說她喜歡我的照片而已。」

這是謊言。其實吉敷說了重話，惹得她掉淚。如果換上便服，她不過是個年紀比自己小的普通女孩；但為了避免吉敷在職場上尷尬，她甚至說那番話打圓場。

如果是命令我就遵從。

吉敷的胸口為了自己的這句話而發疼。

她帶著一片真誠來化解初次見面時的不愉快，但我卻說了這麼傷人的話。

如果時間能夠倒轉，吉敷真希望從頭來過。

＊

吉敷關上了大門，千尋自然不再上門了。她雖然是個有毅力的女孩，終究承受不住第二次的殘酷對待。

傷害了千尋之後，吉敷反而開始對她念念不忘。

她說過她是通信大隊的。吉敷去過她的辦公廳舍好幾次，但每回走到廳舍前，就又心生怯意，逃了回來。

我用那麼殘酷的話語傷害千尋兩次，現在居然連見她的勇氣都沒有，真是個無可救藥的膽小鬼。

可是我哪有臉去找她？

大約過了一個月。

公關中心又要展覽照片，要求吉敷選些合適的照片繳交。這是常有的事，吉敷便從他的庫存裡選了幾張出來。這回的是小規模展覽，只要把挑選出來的照片洗出來再裱好背送過去即可。

送完照片後，吉敷返回營區，走回辦公廳舍的途中——反射性地躲了起來。

因為他看見了千尋。千尋在辦公途中發現一隻野貓在路旁午睡，便和牠玩了起來。

看見千尋帶著笑容，吉敷不由得鬆了口氣。他或許只是自作多情，擔心千尋仍在難過；說不定千尋早就重新整理好心情，把吉敷的事忘得一乾二淨了。

不過——

吉敷抬頭望著自己的辦公廳舍——從這裡應該沒問題。

為了避免被千尋發現，吉敷刻意繞路跑回公關部。

回到公關部後，吉敷拿出了攝影包。

「對不起，我去調整一下相機。」

他對著屋內說道，又立刻跑到外頭。他的目標是走廊的窗邊。

拜託，請妳千萬一定要留在原地！

遠遠地可看見千尋還蹲在原地。這個距離不會被她發現。吉敷的位置正好可從斜上方俯瞰千尋，他停下腳步，打開攝影包。

吉敷拿出最熟手的Nikon相機和望遠鏡頭，俐落地更換鏡頭。

他裝出拍攝戶外景色的樣子——偷偷將焦點對準千尋，對準她陪貓玩耍時的純真笑容。

吉敷連按了幾次快門，不知不覺間，視線再也無法從千尋身上移開。她的表情變化多端。還可以露出更多好看的表情，更多、更多、更多。

如果能就近拍她，如果能直接要求她……不過吉敷早已失去了這個資格。

現在靠近她，或許只能拍到僵硬的表情。

現在伸出手，或許只會被她揮開。

千尋似乎察覺到動靜，眼看著就要抬起頭來仰望上方，吉敷連忙躲到屋裡去。他倚著牆壁坐下來。

「我是跟蹤狂啊？」

他露出了自嘲的笑容。

不過，如果她還喜歡我的照片……

吉敷希望能夠傳達自己的歉意。

吉敷從洗好的照片之中選出了最滿意的一張。

純真無邪，卻又充分表露出大膽性格的表情。雖然還有其他拍得更漂亮的照片，不過吉敷仍然選擇了這一張，因為這一張拍得最像她。

*

○兩人篇

有個樸素的文件信封送到了女性軍官隊舍，是給千尋的。

千尋從隊舍隊長手中接過了信封。

收件人為「通信大隊　矢部千尋少尉」。

「好像是公關的男孩子送過來的。」

聽了這句話，千尋立刻明白了。

她翻過信封一看，果不其然，寄件人是「公關部　吉敷一馬中士」。

由於信封實在太過樸素，年紀大得足以稱吉敷為男孩子的隊長完全沒起疑，只以為是工作相關文件。

「謝謝。」

接過信封的千尋強忍著立刻跑回房間的衝動，步行於走廊上。

千尋一回到房間，便迫不及待地解開文件信封的繩子。

她的腦袋裡百感交集。

他已經那麼明確地拒絕我了，為什麼現在又做出這種別有含意的事？

不過，千尋很高興吉敷在發生那件事之後有了行動。

他先前已經那麼冷淡地畫清界線了，總不會為了更加畫清界線而聯絡我吧？

至少他送這個信封來不是為了傷害我。

拍得出那種照片的人——能夠將被踐踏的蒲公英朝天飛舞的瞬間擷取下來的人，不會為了一再傷害別人而行動的。

所以這個信封裡裝的應該是他的誠意。

終於打開的信封之中——裝著千尋的笑容。

抽出來一看，是張10×12吋的放大相片。除了這張相片以外，信封裡什麼也沒有。

千尋知道這張照片是什麼時候拍的。前幾天她曾逗著跑進軍營的野貓玩，這張照片便是當時拍下的。她失戀才過一個月，除了這時候以外，沒露出過如此開朗的笑容。

是什麼時候？從哪裡拍的？而千尋最感到疑惑的是——

為什麼要送這張照片給我？我在你眼裡是這副模樣嗎？當我邀你去喝咖啡時，回答「如果是命令我就遵從」的你為何這麼做？

為何在你的觀景窗裡，我能夠顯得如此可愛？

千尋猛然回神，翻過照片一看，背面有道潦草寫下的淡色留言。

如果妳不喜歡它，請丟掉。

如果妳喜歡它，請打這支電話給我，○○○—○○○○—○○○○。

千尋想也不想，便拿出手機撥打這個號碼。

對方似乎早已守在電話旁，才響了一聲半便接起了電話。

「啊，呃……」

千尋不知該說什麼才好，一時語塞。對方主動答腔：

「妳是矢部千尋小姐嗎？」

耳邊傳來的聲音讓端坐的千尋軟了腳。略為嘶啞低沉的嗓音，在耳邊聽來果然格外甜美。

嗯。千尋只擠得出這個字。

「謝謝妳打電話給我，我是吉敷。」

「嗯。」

「偷拍妳的照片，對不起。妳打電話給我，代表妳喜歡那張照片？」

「嗯。」

不過，你為什麼寄照片給我？千尋總算說出了「嗯」以外的話語。

「我一直想向妳道歉——妳願意聽我解釋嗎？」

「嗯。」

「對不起，對妳說了那麼過分的話。一開始妳提起『Dandy Lion』的時候，我太過驚訝，一時沖昏了頭……因為我從來沒跟別人說過投稿的事，滿腦子一片混亂，只想著這個人是怎麼知道的。而且妳還稱讚我。」

「可是你本來就很會拍照啊！來借底片的空自上尉也這麼說。」

「妳怎麼知道？」

糟了，說溜了嘴。

「……我一開始也說過，我本來以為你是中年人，沒想到其實很年輕；我很好奇一個年紀輕輕的人怎麼拍得出那種照片，很想看看你是個怎麼樣的人……所以就在公關部附近埋伏，對不起。」

「沒關係，妳不用道歉。妳一道歉，我就覺得很愧疚。」

吉敷連珠炮似地說道，千尋又變回聽眾。

「我早已習慣別人稱讚我的技術、速拍及構圖，可是妳稱讚的不是我靠技術拍出來的照片，而是我自然拍下的照片。我喜歡拍照，但是從沒想過自己的照片能夠傳遞訊息給別人，而妳卻能完全體會我的心情；天底下的詞彙那麼多，妳分毫不差地用了『不屈』兩個字，所以我一時激動，不知道該怎麼反應……妳說得沒錯，如果我不想傳達任何訊息，根本不會投稿。我渴望傳達訊息，但又認定我的照片做不到，因為我的照片只有技術可取。」

或許正是因為他有技術，才會鑽進這種牛角尖裡。吉敷費了九牛二虎之力才吐露出這股扭曲的感情。

「沒想到這時候卻有人接收到我的訊息，我惱羞成怒——嗯，惱羞成怒是最貼切的說法。我惱羞成怒，就把妳拒於門外。妳對我而言是不可能出現的人。」

「那只是你這麼想而已。空自的人說了，第二次的側飛是即興演出，可是你卻能預測並拍下照片。如果不了解退役駕駛員想挑戰技術極限的心情，根本無法預測的。」

請別再說了。電話彼端傳來了困惑不已的聲音。

「這種想法太純真、太耀眼了。哪像我，一直自怨自艾，覺得自己只有技術可取。」

千尋覺得自己所說的每一句話似乎都傷害了吉敷，不由得難過起來。不如乾脆什麼都別說了。她咬緊嘴唇。

「妳從一開始就是既純真又充滿活力，我以為我說什麼都不要緊，才說出那種話……怎麼可能不要緊？」

如果是命令我就遵從。

想起吉敷當時的語氣，千尋仍會感到心痛。因為她確實身在能夠對他下令的階級。

「我說了那麼過分的話傷了妳，卻開始對妳念念不忘。我一直想向妳道歉，和妳好好談談，可是又不敢像妳一樣在辦公廳舍前等妳。」

正當我煩惱的時候，偶然看見妳和貓在玩。吉敷總算說到了這裡。

「我想，如果我要製造機會，只能靠照片；所以我衝回去拿相機，用望遠鏡頭偷拍妳。對不起，活像跟蹤狂一樣。」

「不會。」

我很高興。本來以為你討厭我，但你卻把我拍得如此可愛。

這麼說是不是也太過純真，又會刺傷你？

吉敷已經沉默下來，我應該可以說話了吧？

千尋想了又想，決定使用疑問句：

「吉敷先生，你眼中的我就和這張照片一樣嗎？」

吉敷一時語塞，頓了一頓才回答「對」。

「我當時拍得很入迷，那張是我最滿意的一張。那時妳似乎快發現我了，我只好趕快躲起來。如果可以，我很想繼續拍。」

這句話——對於愛好攝影的你而言，是什麼意思？

沉默又降臨了，千尋已經做好覺悟。

吉敷留下訊息，要求千尋如果喜歡照片，就打電話給他。而千尋也打了電話。接下來輪到吉敷下結論了，就像她一樣。

「妳別誤會，妳是頭一個讓我覺得拍攝女性很快樂的人。如果可以，我希望能夠更近距離地拍妳，和妳多聊聊。」

如果可以。他已經是第二次說這句話了。

「那……你拍了以後打算怎麼辦？如果是要投稿參加比賽，我可不願意。」

「……我完全沒想過……我拍了以後打算怎麼辦？」

這是我的問題耶！千尋心裡暗想，不過她已經知道吉敷不擅言詞，便默默等待答案。

「啊，我懂了，我只是想拍而已。我想拍下妳最美好的表情，然後洗出來給妳看。」

啊，真是的！我的忍耐已經瀕臨極限了！

現在我要使用你口中的「武器」。

千尋以開朗純真的聲音說道：

「如果你對我的興趣只侷限於拍照模特兒，那我拒絕。」

「怎麼可能……！我沒這麼說，再說那是我頭一次拍攝女性！如果我的興趣只侷限於拍照之上，我就不會這麼後悔傷害了妳！」

為什麼我費盡唇舌，妳還是聽不懂？吉敷沮喪地說道。

千尋又笑了，斬釘截鐵地說道：

「因為你說得拉拉雜雜的。還有，這件事明明和階級無關，你卻一直用敬語說話。」

「妳也是用敬語和我說話啊！」

「既然和階級無關，剩下的就是年齡差距了，不是嗎？我的年紀比你小，所以用敬語和你說話。畢竟我們既不是朋友，也不是情侶。」

能夠促成以上這兩種關係的關鍵字，我再也說不出口了。因為你奪走了它們。

「我再也說不出口了，雖然我真的很想很想說。我被你的照片吸引，接近你，就是為了表明心意。不過現在我中了詛咒……」

如果是命令我就遵從。

略為嘶啞低沉的聲音，千尋最愛的甜美聲音。只要一想起那道聲音冷冰冰地對自己說了這句話，千尋便想哭。千尋以為她是在追求意中人，但她的一言一行對於對方而言，卻隨時可能化為命令。

她以為她完全被排除於戀愛對象之外了。

「所以再也說不出口了。」

千尋以開朗的口吻說道。吉敷百般為難地回答：

「拜託妳別哭，妳哭，是現在最令我難過的事。只要一想起妳那時的表情，我的胸口就發疼。或許我這個傷害妳的人沒資格說這些話，但那真的是我人生之中最後悔的一件事。」

「我沒哭啊！」

「我還沒糊塗到被妳矇混過去的地步。」

吉敷輕輕地清了清喉嚨。

「對不起，我不該說那麼過分的話。或許現在這麼說已經太遲了……我喜歡妳，喜歡發現我的照片的妳。請和我交往。」

說著，吉敷嘆了口氣：

「原諒我用敬語。就算妳的年紀比我小，向心上人表白時，我無法輕鬆自若地用平輩的口吻說話。」

嗯。千尋也點了點頭。

「以後絕對別再提命令或階級了。」

此時千尋終於在話筒邊哭了起來。

我喜歡你，和這些根本沒有關係。千尋抽抽噎噎地哭訴著，吉敷又說了好幾次對不起。吉敷很想立刻趕到千尋身邊陪伴她，但熄燈時間已經過了。

*

吉敷操作相機的那雙手，骨節分明、相當性感。

千尋擁有被這雙手觸摸的特權之後，吉敷漸漸改變了。曾幾何時，吉敷周圍的人得知他的興趣是投稿攝影雜誌，每當他得獎便會開口恭喜他。

吉敷從未說過他和千尋交往之後改變了；不知不覺間他就改變了，如此而已。

每當旁人說他和千尋交往以後變得圓滑許多，他就會露出不悅的表情。只有千尋知道他是在害羞。

交往了三年以後——出現了一個轉機。
吉敷所屬的公關部計畫增加人員，重新編組，開始在朝霞營區徵才。
「千尋，聽說妳志願轉調了？」
交往了一段時間，吉敷已經不再勉強掩飾他那沉默寡言及略為淡漠的特質。
約會時，千尋一聽吉敷這麼問，便知道他有點不高興——或該說有點不滿。這可說是她與沉默寡言的吉敷交往數年的成果。
「是啊！怎麼了？」
「……妳為什麼志願轉調？」
「為什麼啊……」
說來話長。
見千尋吞吞吐吐，也不知吉敷作何解釋，只見他的表情變得更加不快。
「如果妳是為了和我在同一個部門工作才志願的，那是在替我製造麻煩。女友在同一個部門，只會妨礙工作而已。」
啊，居然把我當成那種人！千尋惱火起來，進入戰鬥模式。
「原來一馬把我當成那種『我想和男朋友在同一個部門工作~』而志願轉調公關部的花痴女啊？」
「我沒那麼說啊……只是說如果。」

吉敷一踩到千尋的地雷，便立刻放低姿態。這一點也很可愛。

「就算只是假設，對我還是很失禮。我現在是在通信大隊，不過這並不是我的第一志願。我本來是希望分發到公關部的。」

你以為我為什麼一眼就被你的照片吸引？

千尋已經變為說教語氣，吉敷不自在地扭動身體。

「我看見你拍下的自衛官的真實面貌時，還不知道你的長相年齡，就已經愛上你的照片了。你有照片可以傳達你的想法，我雖然沒有特殊技能，但也和你一樣，很想將自衛官背後的努力傳達給社會大眾。不然我怎麼會看過一次展覽就記住你的名字？我常想，如果我也有這種表達技術就好了……可惜我沒有任何突出的才藝。」

最後一句話有點自怨自艾。

「沒想到你居然以為我是懷著那種不正經的想法而志願轉調的。」

「……對不起。」

「不過我的確摻雜了一點私情。」

「私情……」

「我常想，如果你拍的照片能配上我寫的報導，該有多好？如果我能寫出你照片中的意念，不是很棒嗎？」

或許這是往自己臉上貼金，不過千尋認為她是最懂一馬照片中意念的人。

聞言，吉敷垂下肩膀，低下頭來。這是反省的姿勢。

的頭髮。

「……真的很對不起。」

「沒關係，我原諒你。」

「我不知道妳的第一志願本來就是公關。」

「沒關係啦！反正我對現在的單位也沒有不滿啊！再說我也沒主動提過。」

垂頭喪氣的吉敷可愛極了，完全看不出他比千尋大三歲。千尋忍不住輕拍他那不加修剪的頭髮。

「妳也太把我當小孩了吧！」

吉敷輕輕揮開千尋的手，抬起頭來。他的臉有點紅。

「就這方面來說，妳倒是很適合當記者。妳有膽量，不怕生，好奇心旺盛，又有人緣，應該能輕易突破採訪對象的心防。」

不過起先只能負責一些小工作就是了。吉敷又補上一句，啜了口冷掉的咖啡。

「我很歡迎妳來。」

「謝謝。」

不知是因為千尋的話遠比吉敷多，或是因為吉敷的包容力十足，他們倆吵架總是很快就結束。這也是吉敷的優點。

希望能合作。是啊！

當時他們只是把這件事當成不會實現的夢想來談。

然而千尋真的成了被錄用的數名公關之一。
而且她的搭擋是——吉敷。
「……居然實現了耶！」
「……嗯。」
兩人半是呆滯地喃喃說道。
雖然在三軍大演習或基地祭等需要優秀攝影師的時候，吉敷得優先過去幫忙，不過基本上他是和千尋搭檔。遇上大規模活動，千尋也會以不刊登為前提，寫些練習性的報導。
「我知道你們小倆口感情很好，不過可別公私不分啊！」
公關部長叮嚀著理所當然的道理，兩人聽了異口同聲地叫道：「那當然！」這件事至今仍是公關部茶餘飯後的笑話。
千尋分配到的工作是專欄。
千尋從過去的談話內容得知吉敷與空降大隊長的交情不錯，便決定邀請第一空降團大隊長擔任第一回的來賓。
「這不是『私下』得到的情報嗎？」
吉敷面有難色，但千尋頭頭是道地陳述邀請空降大隊長擔任第一回來賓的好處，並主張情報本來就該不分公私，多方蒐羅，吉敷只得屈服了。
於是吉敷聯絡了空降大隊長。
「……剛升上中尉的菜鳥。年紀比我小三歲，才二十七。」

千尋貼在吉敷身邊，豎起耳朵聽他洽談採訪事宜。
「大概是人手不足加上本人的意願吧！總之先過來當副手，負責一些無關緊要的專欄，邊做邊學。上一任也還在，不過他得負責教育新來的攝影記者。上級似乎想同時培育記者及攝影師……沒這回事，不過我奉勸您還是先擔心自己比較好。」
吉敷一掛上電話，千尋立刻抱怨。
「你幹嘛多事，最後還給他忠告！」
「……我和今村中校認識很久了，要他突然之間接妳的招，太殘酷了。」
「奇襲也是一種戰略啊！」
「……我也有我的人際關係、信用和人脈要顧，我已經盡量兼顧雙方啦！妳要是有怨言，就別動用我的關係。」
「知道了，你說得有道理，我聽你的。」
於是乎，他們開始千方百計地採訪習志野第一空降團大隊長今村和久，這又是另一段故事了。

Fin.

後記

本書為自衛隊愛情喜劇第二彈。

或許是在第一彈《我的鯨魚男友》時的「豁出去告白」奏了效，現在寫起令人臉紅心跳的橋段，讀者都會抱持寬容的心態看待：「唉，有川嘛！沒辦法。」各位心胸寬大的讀者，謝謝你們！幸好我坦白招認了！

接下來進入慣例時間。

・今昔戀愛物語

去厚木基地取材時，我曾抓住最先打招呼的那位長官，鉅細靡遺地追問他和夫人相識的經過。剛才拿出名片一看，喂喂喂，他可是中校耶！該說無知就是力量，還是可怕呢？如此這般，本篇的人物原型便是這位中校及負責帶路的公關部軍官。故事中包含較為苛刻的觀點，乃是因為這兩位資深自衛官發表的直率意見留給我深刻的印象之故。

順道一提，這位公關部尉官是因為喜愛《空中雙響炮》而立志成為駕駛員；在厚木基地取材時，我和他把周圍的年輕隊員及角川的編輯擱在一旁，暢談新谷漫畫經。他幫了我許多忙，所以在其他故事中也可看到以他為原型而成的角色。

・軍事、宅男、男朋友

本來想把這個故事寫得和標題靈感來源的歌曲一樣可愛，不過不知是哪裡出了錯，居然變成這副德性（演唱會派的人常會發生這種情況）。我有個作家朋友的朋友是自衛官，雖然沒有直接見過面，不過聽了他那有趣、可愛又真誠的故事之後，我的腦中立刻浮現了角色。「拜託！請讓我以他為原型寫故事！」我不是向本人懇求，而是向作家朋友懇求。作家朋友又說了許多他的故事給我聽，我就當作本人也同意了吧！（當然，都是些無關機密的故事）

・公關向前衝！

本篇的角色原型是我到海幕公關室取材時的公關室長、在「今昔戀愛物語」時也曾幫忙過我的公關以及另外兩位年輕的公關軍官。和我交談過的自衛官中，有許多都是極富魅力的人，常讓我聊著聊著，腦中便浮現了角色。尤其是稻崎的原型幾乎和稻崎一模一樣，我參加海自艦上派對時，也曾見識過那令人著迷的魅力。「花花公子適合當公關」也是他的意見，我非常贊同。話說回來，這話不正是形容他自己嗎？真虧他臉不紅、氣不喘！

為了顧及成為主角原型的年輕軍官的名譽，我可要補充一點。弓田所說的是真的，那句話真的只是長官式說法。不過年輕軍官在訪客面前被調侃的模樣實在太可愛又有趣，讓我不禁振筆直書，寫下了這個故事。

・藍色衝擊

這是個連作者本人都感到驚訝的故事，因為我早忘了有這個題材。我曾想過要寫空自，就得提及藍色衝擊；不過當時我以為寫出來的會是更加爽快俐落的故事。演唱會派的人果然容易失控啊！（我打爽快，自動選字出現的第一候選詞居然是「掃海」，我家的輸入法也真夠厲害的）

如作品中所言，藍色衝擊的花式特技包含了許多利用高度的技巧，所以表演時真的只能祈禱天公作美，給個好天氣。雲層過低時，他們就會表演水平特技。粉絲的描寫是誇張了一點，不過女性粉絲的確很多。

順道一提，我曾看過失敗的垂直丘比特及下雨時的地面滑行。

・秘密

訪問駕駛員時，常會聽他們提到「訓練時的死亡事故很多，我的同梯只剩下不到一半了」。說這些話的駕駛員有許多與我年紀相仿，有的甚至比我年少。

於是我就想：既然如此，我也得在故事中提到這一節才行。他們開誠布公地說出這件事，我當然有義務寫出來。其中有位駕駛員曾與長官的女兒偷偷交往，最後步入禮堂，過著幸福快樂的生活；不過聽說招認的時候非常尷尬。

他長得明明很帥，但在聯誼及搭訕時卻是屢戰屢敗，這一點也很適合拿來當角色。話說回來，我好像不管見了誰，都會把人家拿來當角色耶！

・Dandy Lion～今昔戀愛物語今日篇

這個故事算是附加短篇，描寫的是「今昔戀愛物語」中的千尋與吉敷。這兩個人的戀情是如何展開的？就是這麼展開的。原來吉敷如此窩囊。不過追蹤這兩個人還挺快樂的。

好了，頁數也用完了。

我要感謝提供許多題材，令我獲益良多的自衛官們。

感謝閱讀本書的讀者們。

希望您們能夠喜歡本書。

我會對著角川書店的方位祈禱，希望下次題材累積得夠多時，他們會同意讓我再寫這一類的作品。

有川 浩

國家圖書館出版品預行編目資料

今昔戀愛物語／有川浩作；王靜怡譯.
--初版. --臺北市：臺灣國際角川, 2011.04-
面；　公分. --（文學放映所；74-）
譯自：ラブコメ今昔
ISBN　978-986-287-117-1（平裝）

861.57　　　100004100

文學放映所074

今昔戀愛物語

原書名＊ラブコメ今昔

作　　者＊有川浩
插　　畫＊徒花スクモ
譯　　者＊王靜怡

2011年4月30日　初版第1刷發行

發 行 人＊塚本進
總　　監＊施性吉
總 編 輯＊呂慧君
副 主 編＊陳正益
文字編輯＊林吟芳
美術副總編＊黃珮君
美術主編＊許景舜
印　　務＊李明修（主任）、張加恩、黎宇凡

發 行 所＊台灣國際角川書店股份有限公司
地　　址＊105 台北市光復北路11巷44號5樓
電　　話＊(02)2747-2433
傳　　真＊(02)2747-2558
網　　址＊http://www.kadokawa.com.tw
劃撥帳戶＊台灣國際角川書店股份有限公司
劃撥帳號＊19487412
製　　版＊尚騰製版印刷有限公司
I S B N ＊978-986-287-117-1

香港總代理
角川洲立出版（亞洲）有限公司
地　　址＊香港新界葵涌大連排道200號偉倫中心第二期20樓前座
電　　話＊(852)3653-2804

法律顧問＊寰瀛法律事務所